집이 아니라 방에 삽니다

집이 아니라 방에 삽니다

애매하게 가난한 밀레니얼 세대의 '돈'립생활 이야기

초판 1쇄 펴낸날 2021년 4월 16일

지은이	신민주
펴낸이	이건복
펴낸곳	도서출판 동녘

주간	곽종구
책임편집	박소연
편집	구형민 정경윤 강혜란 김혜윤
마케팅	권지원
관리	서숙희 이주원

등록	제311-1980-01호 1980년 3월 25일
주소	(10881) 경기도 파주시 회동길 77-26
전화	영업 031-955-3000 편집 031-955-3005 전송 031-955-3009
블로그	www.dongnyok.com
전자우편	editor@dongnyok.com
인쇄 · 제본	영신사
라미네이팅	북웨어
종이	한서지업사

_ · ·) 씩씩한 '혼자'들의 독립생활 이야기, 디근은 동녘의 에세이 브랜드입니다.

집이 아니라 방에 삽니다

애매하게 가난한 밀레니얼 세대의 '돈'립생활 이야기

신민주

프롤로그

가끔 로또를 산다. 돈이 아까워 많이는 못 사고 딱 1000
원어치만 산다. 로또를 사기 위해 편의점에서 줄을 서
고 있을 때면 금방이라도 부자가 될 것 같은 마음이 든
다. 한 주 동안 나는 상상 속에서 차를 샀다가, 집을 샀
다가, 퇴사를 했다가, 상상도 못해본 비싼 음식을 먹는
다. 심심할 때면 주변 사람들에게 로또 1등 당첨 소식을
들키지 않고 당첨금을 수령하는 법에 대해 검색해보기
도 한다.

　로또 종이가 1000원 만큼의 행복의 가치를 보장하는
것은 딱 토요일까지다. 소중하게 지갑 안에 넣어둔 로
또 종이는 토요일 밤이 되면 어김없이 휴지통으로 향한
다. 그럴 때면 인생의 덧없음과 1000원어치의 배신감

을 곱씹게 된다. 벼락 맞을 확률보다 낮은 확률인 로또 1등 당첨이 월요일부터 금요일까지의 행복과, 토요일의 불행을 동시에 만들어낸다.

그럴 때면 들리지 않던 것들이 들리고, 보이지 않던 것들이 보인다. 먼 지인이 가상 화폐에 투자하여 큰 이득을 보았단 소식과, 요새 재테크를 하지 않으면 바보로 불린다는 친구의 말이 들린다. 귀찮다는 이유로 세탁기에 넣었다가 구멍이 난 운동화가 보이고, 잘 작동되기는 하지만 어쩐지 오래된 휴대폰이 눈에 보인다. 그러다가 몇 가지가 기억나기도 한다. 작은 원룸이 다닥다닥 붙어 있는 빌라에 새벽마다 시끄러운 소리를 내서 나를 깨우는 이웃의 존재라거나, 돈이 아까워서 끊지 못한 영어 스피킹 클래스, 재난 지원금을 받으면 사먹을 것이라고 다짐했다가 영영 사먹지 못하고 있는 골드 키위까지. 로또 1등을 하지 못했다는 생각보다는 이러한 생각이 나를 괴롭힌다는 사실을 뒤늦게 깨닫는다. 불행하게도 이런 생각은 로또 종이가 휴지통으로 향할 때뿐만 아니라 예상치 못한 순간 불청객처럼 찾아오기도 한다.

아마 나를 포함한 수많은 사람이 비슷한 전철을 밟을 것이다. 오래전 편의점 아르바이트를 했을 때 로또를 사는 사람들의 표정은 대부분 비슷했다. 대놓고 웃어 보이는 사람도 있었고 무심한 척 돈을 내미는 사람들도 있었지만 나는 그들의 눈가 주름 너머 약간의 기대를 발견하고는 했다. 로또를 산 사람들 중에 일부는 그 다음 주, 다시 편의점을 방문해서 당첨된 로또를 돈으로 바꿔갔다. 대부분 5등(5000원) 당첨 손님이었기에, 손님들은 돈을 받는 대신 당첨 금액으로 새로운 로또를 사고는 했다. 그러나 대부분의 손님들은 그 다음 주, 당첨 로또 종이를 돈으로 바꿔가지 않았다. 아마 그들은 로또 당첨자를 확인하는 토요일 저녁때쯤엔 당첨되지 않은 수많은 로또 종이를 들고, 가지지 못한 것들에 대해 생각할지도 모른다. 단골손님이었던 택시 기사도, 포장마차 할아버지도, 아주머니도, 젊은 남자도.

　부자는 선량하고 가난한 자가 악하다는 편견은 많은 역사적 사례로 인해 반박된 지 오래이지만 우리는 여전히 돈에 대해서 꽤 많은 시간 생각한다. 돈으로 얻을 수 있는 것은 넓은 집과 좋은 차일수도 있지만, 관심 있었던 공부와 해보고 싶은 일을 선택할 수 있는 기회, 새로운 사람을 만나고 성장할 수 있는 발판일 때도 있다. "욕심을 버려!"라고 하기에는 머릿속에서 상상되는 내일의 모습이 너무 쪼들릴 때도 있다. 애초에 '돈 없는 내

일 걱정'을 하지 않고 '돈 걱정 없는 내일'을 생각하는 일은 너무나 어렵기만 하다.

내 자신을 아주 가난한 사람이라 생각하지는 않지만, 어쩐지 충분하다고 생각하지는 못하는 사람들이 빗자루로 쓸어도 남을 만큼 많은 한국에서 이 책을 쓰게 되었다. 벼락 맞을 확률보다 낮은 로또에 '투자'하기 위해 로또 판매점에 길게 줄을 선 사람들. 언제 가치가 떨어질지 모르는 가상 화폐에 '투자'하는 사람들. 혹은 어떠한 것에도 '투자'하고 있지는 않지만 자꾸 뭐라도 해야 할까 걱정하는 사람들까지. 완전히 다른 패러다임으로 세상을 사고한다면, 우리는 일확천금까지는 아니겠지만 우리의 발아래를 탄탄하게 만들어주는 확실한 보증수표 한 장 정도는 얻을 수 있을 것이다. 우리가 만약 기본소득을 함께 주장할 수 있다면 그건 아주 불가능하지 않은 일이 될 것이다.

이 모든 이야기는 최소한 모든 사람이 삶을 지탱해주는 동등한 기회 정도는 가지고 태어나야 한다고 믿었던 어떤 사람들의 아이디어로부터 시작된다. 가난한 사람들에게 얼마나 도움이 필요한지 증명할 것을 요구하는 사회에서 "가난과 장애를 증명하지 않고도 인간답게 살 수 있는 권리가 필요합니다"라고 말했던 사람들로부터 시작되는 개념이다. "일하지 않으면 먹지도 말라!"라고 말하는 사회 앞에서 "먹지 못하면 일하지도 못해요!"라고 외쳤던 사람들이 있었기에 알려진 개념이기도 하다. 모두에게, 조건 없이, 개별적이고, 정기적으로 지급되는 소득. 기본소득은 그래서 돈 이야기이지만 돈 이야기만은 아니다.

누군가는 기본소득이 지나치게 현실성이 없다고 비난할지 모른다. 그러나 수많은 사람들이 오늘도, 내일도 벼락 맞을 확률보다 낮은 로또 당첨을 위해 노력하고 있다. 기본소득은 로또와 달리 정해진 확률 게임이 아니다. 그것은 오히려 확률이 정해지지 않은 세상 속에서 어떤 방향을 선택할 것인지의 맥락과 비슷하다. 분명하게, 우리가 얼만큼의 어떤 생각을 가지고 있는지에 따라 그 미래가 정해질 것이다. 눈곱만한 운이 아니라 모두에게 확실히 보장된 기회의 산물, 기본소득은 모든 사람이 '투자'할 만한, 실패하지 않는 카드이다.

기본소득을 더 많은 사람에게 알리기 위해《집이 아니라 방에 삽니다》를 썼다. 동시에 기본소득을 주장하는 사람들이 뭐하는 사람들인지 소개하기 위해 썼다. 집과 돈, 돌봄과 인권, 불투명한 미래, 코로나19라는 전염병 따위의 분절적인 이야기들이 기본소득을 통해 이어지게 되었다. 혼란스러운 세상 속에서 이 책을 읽는다면 당신도 선택할 수 있는 가치가 늘어날 수도 있다!

책의 방향을 잡아주고 늦어지는 원고도 너그럽게 이해해주신 박소연 편집자님과 책 완성까지 아낌없는 조언을 해주었던 기본소득당의 동료들, 페미니스트 동료들에게 감사의 인사를 드린다. 개인의 성공뿐만이 아니라 내 옆의 사람들과의 자유를 꿈꾸는 사람이라면 부디 책을 끝까지 읽어보기를 바란다. 이 책을 쓰는 나도, 이 책을 읽는 당신도 기본소득이라는 매개를 사용하여 더 넓은 세상을 만들어나갈 수 있기를 바란다.

우리가 한 세기쯤을 더 산다면 그리하여 각자 연간 500파운드와 자신만의 방을 가질 수 있게 된다면, 우리가 자유를 누리는 습관과 우리가 생각하는 바를 정확하게 쓸 수 있는 용기를 가질 수 있다면, 우리가 공동 거실에서 조금이나마 벗어나 인간을 다른 이와의 관계에서만 보는 것이 아니라 실재와의 관계에서도 볼 수 있다면, 그때 기회가 찾아올 겁니다.

- 버지니아 울프, 《자기만의 방》

1부

자기만의 방과 500파운드

안녕하세요, 은평구 버지니아 울프입니다

"요새 전세 없는 것 아시죠? 역에서 10분 거리에 이만한 전세 없어요. 1억도 안 되는 가격이에요. 9000만원." 젊은 여성 공인중개사가 집을 보여줬다. 집을 나오기로 결심한 후 처음 나 혼자 살 곳을 보러 다닌 날이었다. 전세 1억 이하의 집을 찾고 있다는 말에 대부분의 공인중개사는 고개를 저었다. "요새 전세 많이 빠져서 그런 집은 없어요. 적어도 1억 5000 정도는 봐야죠." 수많은 거절이 반복된 후 맨 마지막으로 전화한 부동산에서 집을 몇 개 소개해주기로 했다. "전세 1억 이하 집 있어요. 보러 오세요."

하루 종일 여러 집을 봤다. 골목 사이를 한참 들어가

야 있는 집, 누군가의 치우지 못한 짐들이 널려 있는 집, 퀴퀴한 냄새가 나는 집, 화장실에 창문이 없는 집. "이만한 집은 또 없을 거예요." 보여주는 집마다 공인중개사는 그렇게 말했다. 수많은 집 중 한참을 고민하다 화장실에 창문은 없지만 현관에는 CCTV가 달린 곳을 선택했다. 혼자여도 안전하게 살 수 있는 곳이 필요했다. 골목 안에 있긴 했지만 조금만 나가면 대로변이어서 괜찮을 것 같았다. 무엇보다 지어진 지 얼마 되지 않는 집이었다. 빌트인 가구들이 깨끗해서 마음에 들었다.

"여섯 평이에요." 공인중개사는 그렇게 말했지만 나중에 등기부등본을 떼어 보니 공용 공간까지 모두 합해 집은 다섯 평에 불과했다. 대충 세간 살림을 욱여넣으니 침대를 놓을 공간이 없었다. 좁은 집에 무슨 침대나 매트리스인가 싶어서 대충 이불을 깔고 자기로 했다. 그래도 풀옵션이라 세탁기도, 에어컨도, 전자레인지도 살 필요 없었다.

잠자리에 누울 때마다 밤늦게 퇴근한 누군가가 샤워를 하는 소리가 들렸다. 어느 날에는 옆집에 사는 남자가 여자 친구와 새벽까지 통화를 하는 소리가 들려 잠을 설쳤고, 반대편 집에 사는 여자가 친구들을 데려와서 파티를 여는 통에 새벽에 잠을 깼다. 그럴 때마다 나는 내가 매일 보는 유튜브 소리가 옆방에 들렸던 것은 아닌지 걱정이 됐다. 모든 소음이 잠잠해지는 새벽, 집이 아닌 '방'에 살게 된 사람들이 비로소 모두 잠에 들었다.

집이 아닌 방에서 살게 되자 내가 과연 안전한 '자기만의 방'에 살고 있는지 의심스럽기만 했다. 단 하나밖에 없는 창문을 열면 바로 앞에 벽이 보이거나 남의 집 창문이 보였다. 옷을 갈아입을 때면 반대편 집 사람이 보고 있는 것은 아닌지 겁이 났다. 가로등이 없는 골목 안은 깜깜했고, 자주 뒤를 돌아보는 버릇이 생겼다. 폐를 끼치지 않기 위해, 내가 내는 소음과 내 옆집에서 나는 소음에 민감해졌다. 내 방에 있어도 누군가의 눈치를 보는 시간이 길어질 때마다 한 가지를 확신하게 됐다. 이곳은 내 방도, 내 옆집 사람의 방도, 자기만의 방도 아니다.

방에서 산 지 두 달이 지났을 때, 난데없는 괴성에 아침 일찍부터 눈을 떴다. 코로나19 때문에 크리스마스 분위기가 전혀 나지 않았지만 어쨌든 12월 25일 빨간 날이었다. "씨발!" 누군가 복도에서 고래고래 욕설을 하며 소리를 지르고 있었다. 시계를 보니 오전 7시였다. 처음엔 시끄러워서 깼는데 깨고 나니 무서웠다. 괴성은 10분이 지나도, 20분이 지나도 멈추지 않았다. 불행히도 그가 소리를 지르며 문을 닫았다 열었다를 반복했기 때문에 그가 나와 같은 층에 사는 사람이라는 사실을 알게 됐다. "칼 들고 있는 거 아냐?" 크리스마스이브를 맞이해 같이 놀다가 자고 있던 친구가 눈을 비비며 물었다. 경찰을 불러야 하나? 그러나 다른 사람들도 모두 겁을 먹은 탓인지 아무도 방 밖으로 나오지 않았다.

그가 소리를 지른 지 30분쯤 됐을 때 옆집에 사는 남자가 용감하게 방 밖으로 나왔다. 괴성이 멈추고 두런두런 말소리가 울려 퍼지기 시작했다. 그때를 틈타 나도 사건의 진상을 파악하기 위해 방 밖으로 나갔다. 나가서 보니 이미 3층에 사는 모든 이가 나온 상태였다. 심지어 4층에 사는 사람들도 나왔다. 이사를 한 지 두 달 만에 드디어 3층에 사는 사람들과 4층에 사는 사람들의 얼굴을 모두 확인하는 역사적인 현장이었다. 그들 중에 누가 소리를 질렀는지는 확실하게 알 수 있었다. 왜냐하면 딱 한 사람만 화를 내고 있었기 때문이다.

"아니, 복도에 담배 냄새 안 나요?" 씩씩거리고 있던 사건의 범인이 뜬금없이 나를 쳐다봤다. 생각지도 못한 질문에 말문이 막혔다. 다들 시끄러워서 나온 줄 알았는데 대화를 잘 들어보니 담배 냄새 이야기를 하고 있던 모양이다. 누구도 차마 무시무시한 소음에 대해 말을 꺼내지 못하고 있었다. 먼저 나온 사람들은 어쩔 줄 모르는 표정으로 "정말 담배 냄새 나는 것 같긴 하네요"라고 조용히 얼버무렸다. 내 옆집에 사는 남자도, 그 남자의 맞은편에 사는 여자도, 윗집 사람도 이게 다 뭔지 어안이 벙벙한 표정으로 멍청하게 서로를 바라봤다.

"그런데 이상한 소리 안 났어요? 다들 그 소리 때문에 나온 거 아니에요?" 담배 냄새에 대한 지루한 이야기를 반복하던 그때, 4층에 사는 남자가 우리에게 물었다. 소리를 지른 사람 빼고 모두가 고개를 끄덕였다. "빨간 날 오전이고, 다들 쉬고 있는데 소리를 지르는 건 아닌 것 같아요. 혼자 사는 거 아니잖아요? 공중도덕 좀 지키고 삽시다. 경찰에 신고할 뻔했어요. 여기 모인 사람들 중 누가 소리를 질렀는지는 모르겠지만 좀 자중합시다." 나도 용기 내서 말을 했다. 물론 거기 모인 사람들 모두 소리를 지른 이가 누구인지쯤은 알고 있었을 것이다.

하지만 그 이후 한참이나 침묵이 이어졌고, 이내 다들 조용히 방 안으로 들어갔다. 이웃에게 미움을 받는 게 무서웠을 수도 있고, 사건이 일단락됐다는 생각이 들었을지도 모른다. 그런데 나는 왠지 소리를 고래고래 지른 사람에게 사과를 받지 못한 게 못내 화가 났다. 우린 다들 무척 놀랐고 겁을 먹었으며, 화가 났지만 우물쭈

물하다 항의 한 번 못하고 방에 들어와버린 것이다.

소동은 그것으로 끝나지 않았다. 소리를 지른 사람이 관리실에 항의 전화를 한 바람에 눕자마자 관리실로부터 문자 폭탄을 받은 것이다. "집 안에서 담배를 피우지 마세요." 5분 후에는 전화도 받았다. "혹시 집 안에서 담배 피우시나요?" 애초에 모든 문제는 괴성이었는데 어느새 담배 문제로 바뀌어 있었다. 25일에서 26일로 넘어가는 새벽에는 관리실 직원이 애먼 옆집에 찾아와 혹시 집 안에서 담배를 피우는지 물었다. 하루 종일 외출했던 옆집 사람은 자신은 집에 들어오지도 않았다며 억울한 티를 팍팍 내면서 항의했다. 복도에서 울리는 소리 탓에 애꿎은 사람들만 잠을 설쳤다. 정말 이 모든 것이 크리스마스의 악몽 같았다.

나는 그제야 80여 년 전에 버지니아 울프라는 사람이 왜 《자기만의 방》이라는 에세이를 썼을지 이해가 됐다. 버지니아 울프는 여성 인권의 수준이 지금보다도 형편없던 시기를 살았다. 당시의 여성들은 끊임없이 일하고도 보잘것없는 돈을 받았다. 자기만의 방을 가지는 것은 상상하지도 못하던 때였다. 버지니아 울프도 이런 사회에서 자유롭지는 않았다. 다른 여성들과 단 한 가지 차이점이 있다면 그가 막대한 유산의 상속자라는 사실 정도였다. 그가 글을 쓸 수 있게 한 것은 열정도 끈기도 아닌 '유산 상속'이었다.

그가 만일 유산으로 매년 500파운드라는 큰돈을 상속받지 못했다면, 그는 자신이 에세이에 쓴 것처럼 "신문사에서 구걸해 얻은 잡다한 일들, 편지 봉투에 주소를 쓰거나 유치원에서 어린아이들에게 알파벳 등을 가르치는 일들"을 내내 해야만 했을 것이다. 그가 자기만의 방을 가지고 적지 않은 돈을 정기적으로 받을 수 있었기에 그는 다른 많은 여성들과 달리 가족의 공동 거실에 앉아 있지 않아도 됐다. 울프는 자신이 글을 쓸 수 있게 된 배경을 누구보다도 잘 아는 사람이었다. 그래서 그는 이렇게 적었다. "매년 500파운드의 돈과 자기만의 방이 있는 여성이 글을 쓸 수 있다"라고.

나와 친구들은 버지니아 울프의 이야기를 퍽 좋아했다. 매년 500파운드의 돈이 있어야 돈 걱정 없이 창작활동을 할 수 있다는 말이 기본소득을 쉽게 떠올리게 하기 때문이다. 동시에 자기만의 방에 대해 이야기한 점도 좋았다. 나는 그 글을 여성이 자신의 일에 몰두할수 있는 충분한 시간을 가져야 한다는 뜻으로 읽었다. 자기만의 방은 공간적 의미 이외에 여성에게 주어지는 자유와 충분한 여가 시간, 삶에 투자할 수 있는 기회를 상징했다. 희생과 헌신을 여성에게 더 많이 요구했던 시대에 이런 글이 나왔다는 점이 좋았다.

울프의 말대로 자기만의 방이 없는 것은 지겨운 일이었다. 시끄러운 이웃과 새벽에도 벨을 누르는 관리자가 있고, 창문을 열면 앞집의 창문이 바로 보이고, 끔찍한 소음이 24시간 생중계로 들리는 환경 속에서는 글을 쓸 수 없다. 버지니아 울프가 만약 지금까지 살아 있고, 우연히 한국에 와서 다닥다닥 붙은 고시원과 원룸촌을 봤다면 깜짝 놀라 자빠질지도 모르겠다. 어쩌면 "아직도 기본소득이 실현되지 않았나요?"라는 질문을 할 수도 있겠지. 버지니아 울프 씨, 여기는 아직도 자기만의 방이 없는 사람들이 수두룩한 서울입니다. 이웃을 미워하지 않으려고 노력하는데 잘 될지 모르겠네요. 여기 사는 우리가 먼 미래에는 자기만의 방을 가지고 서로를 미워하지 않을 수 있을까요. 상상 속에서 깜짝 놀라 자빠지는 버지니아 울프에게 이런저런 질문을 하다가 잠에 들었다.

나에게도 누군가 정기적으로 500파운드의 유산을 줬다면, 아니 국가가 기본소득을 줬다면 무언가 달라졌을까. 불편한 이웃이 없는 더 좋은 집으로 갔을까, 아니면 그냥 이 방에서 계속 살아갔을까. 모든 사람이 기본소득을 받는다면 아마 우리는 자신이 살고 있는 집이 아닌 '살고 싶은 집'에 대해서 말하게 될지도 모르겠다. 방음은 안 되지만 한 사람 살기에 빠듯하지는 않으니까, 다섯 평 주택에 사는 것도 행운이니까, 나보다 더 힘든 사람이 있으니까. 그런 식으로 정당화되는 말들도 조금은 사라질지 모른다. 해가 드는 집, 방음이 잘 되는 집, 요리를 할 수 있는 집……. 더 나은 삶을 살아갈 수 있는 돈이 있다면.

기본소득이 지급되는 세상은 언제나 더 나은 삶을 생각해볼 수 있는 기회를 준다. 힘들겠지만 더 힘든 사람들도 있으니 참아야 한다는 말이 쉽게 나오는 세상에서 한번 가능성을 본 사람들은 멈추지 않는다. 그건 국가 공동체에 대한 신뢰가 어느 정도 실현되는 사회이자 내가 바라는 세상에 투자할 수 있는 사회를 뜻하기도 한다. 이것이 내가 기본소득에 거는 한 가지 희망이다. 어쩌면 울프가 말하려고 했던 것도 비슷한 것은 아닐까.

울프는 벌써 80여 년 전에 죽었지만 그의 이야기는 지금까지 남았다. 사후 세계가 존재해서 울프가 지상을 내려다볼 수 있다면, 몇 년 후에는 대한민국이 자기만의 방에서 사는 사람들이 만드는 새로운 세상이 펼쳐진 땅이기를 빈다. 우리가 자기만의 방에서 서로를 미워하

지 않기를. 가끔은 자기만의 방에서 나와서, 서로와 웃
으며 인사하기를.

구해줘! 홈즈

그 애를 바라보고 있으면 가끔 "이 험난한 세상에서 어떻게 살아갈까"라는 생각이 들었다. 둥글둥글하게 생긴 애가 둥글둥글한 웃음을 짓고 있는 것을 보면 그런 생각을 하느라 할 말을 잊어버리곤 했다. 내가 멍하게 바라보면 그 애는 영문을 모르겠다는 표정을 지어 보이며 "왜요? 왜요?"하며 웃었다.

우리는 꽤나 자주 만나 학교 앞 작은 카페에 갔다. 그곳에서 나는 잔뜩 똑똑한 척하며 이 세상에 대해, 학교에 대해, 사회에 대해 떠들어댔다. 그 애는 내가 무슨 이야기를 해도 고개를 열심히 끄덕였다. "누나는 진짜 똑똑한 것 같아요!" 하루만 지나도 나는 내가 내뱉은 말들을 의심했는데 그 애는 생판 남인 내 말을 한 치의 고민 없이 믿었다. 그럴 때마다 나는 그 애의 헤실헤실한 웃음을 바라보다가 조용히 커피를 마셨다.

그 애는 착하고, 예의 바르고, 상냥했다. 저러다 사기라도 당하는 건 아닌지 걱정될 만큼 순수하기도 했다. 그런데 이상하게 헤실헤실하게 웃는 그 애에게 나는 언제나 두 손 두 발 들어버렸다. 인천에서 서울로 통학을 하던 그 애가 보증금 100만 원, 월세 25만 원 이하의 방을 구하겠다고 말할 때도 비슷했다. 대학가에 살기 위해서는 월세로 최소한 40만 원을 지출해야 한다는 사실을 알고 있던 나는 처음에는 고개를 저었다. 그러나 그 애가 헤실헤실한 웃음을 짓는 것을 보자 나도 모르게 말해버리고 말았다. "내가 도와줄게." 그러나 그 애는 정말로 돈이 없었고, 그 액수는 자신이 부를 수 있는 금액의 최대치였다. 나와 그 애의 자취방 찾기 대장정은 그런 어이없는 이유로 시작됐다.

한동안 그 애를 만날 때마다 집은 잘 구하고 있는지 물었다. 그 애는 매번 고개를 저었다. 그 다음날도, 그 다음날도 비슷했다. 그쯤 되니 자취방이 하늘에서 떨어지거나 땅에서 솟아나지 않는다면 그 애는 제 몸 하나 누일 공간을 영영 얻지 못하게 되는 건 아닌지 걱정스러워졌다. 도대체 사람들은 모두 어디서 잠을 청하는지, 집은 어떻게 구하는지 궁금해질 지경이었다.

우리의 완벽한 집은 영 엉뚱한 곳에서 발견됐다. 부동산도, 친구의 소개도, SNS도 아니었다. 우리의 완벽한 집은 전봇대에 걸려 있었다. 자취방을 어떻게 구해야 할지 골몰하며 걸어가고 있는데 전봇대에 붙은 A4용지 한 장이 보였다. 거기엔 "보증금 50, 월세 18 방 있습니다. 학교 후문 5분 거리"라고 대충 휘갈긴 글이 쓰여 있었다. 그 애에게 전단지 사진을 찍어 전송하자 그 애는 바로 거기 있는 번호로 전화를 걸었다. 다른 집은 볼 필요도 없었다. 그 집은 반지하도 아니고, 학교에서 가까웠으며, 높은 언덕 꼭대기에 있다는 것 빼고는 '좋은 집'이었으니까. 혹은 '좋은 집' 같아 보였으니까. 심지어 부동산을 통해 방을 구한 것이 아니라 중개 수수료를 낼 필요도 없었다. 우리는 대단한 행운을 쥔 것처럼 기뻐했다. 마침내 그 애는 무사히 보증금 50만 원에 월세 18만 원짜리 자취방에 들어갔다.

그 애는 친구들을 모두 불러 작은 집들이를 열었다. 휴지와 치약, 방향제와 화장품을 사들고 간 우리는 그 애의 방이자 집인 그 공간에서 그 애가 만들어준 음식들을 나눠먹었다. 나는 거기 있던 두 시간 동안 모기를

10마리나 잡았다. 와르르 웃음소리가 퍼지다가 모두가 잠시 말을 멈추면 누군가 모기를 잡느라 낸 '짝' 하는 소리가 들렸다. 아무래도 집 어딘가에 커다란 구멍이 있는 게 아닐까 싶었다. 그래도 화장실은 깨끗하고 좋았다. 파란색 타일이 깔린 화장실이 매우 넓다는 것에 모두가 놀랐다. 얼마나 넓었냐면, 그 애가 지내는 방 크기와 화장실 크기가 비슷했다. 이건 그 애의 방이 조금 작다는 말이기도 했다.

겨울철에 그 애의 집 문이 얼었다는 사실을 알게 된 우리가 돈을 모아 멋진 난방 텐트를 사줬다. 그 애는 꽤 오랫동안 그 난방 텐트 안에서 살았다. 꼼지락거리면서 잠을 청하는 그 애는 캠핑을 하는 꿈을 꿨을까. 가끔은 너무 추운 집 대신 비어 있는 과방에서 잠을 청했다. 헤실헤실 웃으며 그 이야기를 하는 그 애를 볼 때면 우리가 잡은 것이 진짜 엄청난 행운인지 의심스러워졌다.

그 애가 보증금 50, 월세 18만 원짜리 방에서 산 지 몇 년이나 지난 후 문득 나는 그때의 일에 대해 물어봤다. 그 방에서 사는 것이 힘들진 않았냐고, 고단하지는 않았냐고. 그러자 그 애는 뜻밖의 이야기를 꺼냈다. "그 집에 가기 전, 고시원에서 살았던 적이 있어요. 그때는 매일 과방에서 잠을 잤어요. 가끔이 아니라." 그 애는 고시원의 18만 원짜리 방과 20만 원짜리 방 중에 20만 원짜리 방에 살기로 했다. 18만 원과 20만 원의 차이는 창문이 있고, 없고 정도였다. 왜 창문이 필요했냐는 질문에 그 애는 이렇게 말했다. "고시원에 불이 날까 봐 무서웠어요. 창문이 있으면 적어도 질식사하지는 않을 것 같다는 생각도 들었어요. 그래도 불이 나지는 않을 거라고 믿으며 살았는데 너무 작고 답답해서 얼마 못 살고 나갔어요. 그런데 고시원에서 나간 지 2년 후에 진짜 불이 났더라고요. 고시원 화재 사건 있잖아요. 몇 년 전쯤 엄청 유명했던 거. 뉴스를 보는데 제가 고시원에서 죽었을 수도 있겠단 생각이 들더라고요. 그 뉴스를 아직도 기억해요. 뉴스를 보는데 제가 건너던 돌다리가 무너지는 기분이었거든요."

그 애가 자신이 건너던 돌다리가 무너지는 기분이었다는 말을 했을 때 나는 조금 놀랐다. 온통 말랑말랑한 사람으로 기억되던 그 애가 그런 말을 했다는 사실을 잠시 잊고 있었다. 뒤돌아보니 그 애는 언제나 헤실헤실한 표정으로 무너지는 돌다리에 대해 이야기하고 있던 것 같기도 했다. 나는 그 애가 살았을 나날들을 떠올려봤다. 보증금 50만 원에 월세 18만 원짜리 방 한 칸, 추워서 과방에서 잠을 잤던 시간들, 낡은 기타를 주워서 수리해 작곡을 했던 순간, 그 애가 SNS에 업로드 했던, 어쩐지 쓸쓸한 노래들까지.

그 애가 건너던 것이 진짜 '돌다리'였을까. 언젠가 진짜 돌처럼 생긴 돌 모양의 조각을 만져본 적 있다. 실내에 그렇게 커다란 돌이 있을 수 없다는 사실을 알면서도 그게 진짜 돌처럼 생겨서 손가락으로 표면을 쓸어봤다. 푸스스하는 스티로폼 재질이 느껴졌다. 단단함도, 차가움도, 손끝에 묻어나는 흙의 느낌도 없었다. 그가 건너던 다리가 어쩌면 '돌다리'가 아니라 돌 모양의 '스티로폼 다리'였을지도 모르겠다는 생각이 들었다. 아마 수많은 이가 가짜 돌로 만들어진 다리를 건너고 있을 것이다. 푸스스 부서지는 스티로폼으로 만든 다리를 위태롭게 걸어 다니는 사람들의 발밑이 무너지는 건, 그래서 특별한 불행이라고 부르긴 어려웠다.

고시원 화재라는 특별한 불행이든 보증금 50만 원, 월세 18만 원짜리 방이라는 특별한 행운이든 '특별한 것'들이 없어지는 게 나았다. 특별한 것들에 의존해야 한다면 평범한 행복을 만들긴 어려우니까. 우리가 바라는 것은 황금으로 만들어진 다리가 아니니까. 그보다야 발밑이 갑자기 내려앉지 않는, 평범하게 튼튼한 다리가 필요했다. 나는 그 애와의 대화를 통해 그 사실을 깨달

았다. 내가 그 애에게 멋진 척을 하며 가르친 것들과 차
원이 다른 깨달음이었다. 그 시기쯤 나는 그 애와 몇몇
의 친구와 기본소득 세미나를 시작했다. 기본소득이 황
금 다리를 만들어주지는 못하겠지만 누구나 안전한 다
리 위에서 자신의 삶을 꾸려나갈 수는 있겠지. 나는 추
락하고 다친 이후에 치료해주겠다는 약속보다 튼튼한
다리를 함께 만들자고 손을 내밀기로 했다.

화이트 크리스마스

서울에서 평생을 살았지만 이태원에서 제대로 놀아본 적은 없었다. 꼬불꼬불한 골목과 이국적인 가게들, 지나다니는 외국인들을 보고 있으면 어디로 가야 할지 혼란스러웠다. 지극히 한국적인 나에게 이태원은 너무 이국적인 곳이었다. 이태원에 가더라도 가게 이곳저곳을 둘러보다 금방 지쳐 잘 아는 곳으로 이동해버리기 일쑤였다.

그런 나에게 친구가 이태원에 가서 밥을 먹자고 했다. 잠시 고민하다가 고개를 끄덕였다. 내가 아는 사람들 중 걔는 가장 잘 놀고, 가장 웃기고, 가장 멋쟁이였으니까. 친구의 손길에 이끌려 이태원 유명 맛집 앞에 도착했다. 우리는 꽁꽁 얼어버린 손을 주머니에 꿍쳐 넣고

문 안을 기웃거렸다. "줄이 너무 긴 것 같아. 못 기다릴 것 같은데" "저 뒤에 비슷한 곳 봤는데 거기 갈까?" "그래, 거기 가자." 우리는 종종걸음을 하며 또 다른 식당을 찾았다. 운 좋게 웨이팅이 없어서 들어가자마자 털썩 앉았다. 그리고 메뉴판을 펼쳤다. 대학생 신분으로는 부담스러운 금액이 쓰여 있었다. 그제야 뒤늦게 이태원에 잘 안 간 이유가 하나 더 기억났다. 이태원은 너무 비쌌다. 어떤 메뉴를 먹어야 할까 눈을 굴리고 있는데 친구가 툭 말했다. "먹고 싶은 거 먹자. 나 아르바이트해서 돈 생겼어. 내가 사줄게."

나는 고개를 저으며 괜찮다고 했다. 친구는 크리스마스 기간이었던 23일과 24일에 아르바이트를 했다. 빵집 앞에서 크리스마스 케이크를 파는 일이었다. 유독 거센 한파가 크리스마스를 덮쳤을 때였다. 그는 아마 손에 입김을 호호 불며 하루 종일 외쳤을 것이다. "크리스마스 케이크 팝니다!" 일이 모두 끝날 때쯤에 그는 손과 얼굴에 동상을 입었다. 감기까지 걸리는 바람에 그는 크리스마스 이후에도 꽤나 고생을 했다. 나는 그가 그렇게나 고생고생해서 번 돈을 자신을 위해서 쓰면 좋겠다고 생각했다.

하지만 그는 단호하게 대답했다. "이게 내가 나를 위

해서 돈을 쓰는 방식이야. 하나도 안 아까워. 원래 이렇게 하려고 했어." 나는 그 말에 몹시 감동을 받았다. 눈물이 글썽거리는 것을 꼭꼭 눌러 참으며 말했다. "좋아." 그가 미소를 지었다. 곧 우리 앞에는 이국적인 음식들이 놓였다. 우리는 그것을 먹고 마시며 수다를 떨었다. 이태원에서 거의 유일하게 아름다운 기억이 생기는 순간이었다. 한동안 다른 친구들을 만나면 그 일을 자랑하곤 했다. 그 기억을 떠올릴 때마다 내가 사랑받고 있다는 것을 느꼈기 때문에 그걸 자랑하지 않고는 배길 수 없었다. 꽤나 부러워하는 친구들의 모습을 보며 약간은 의기양양해졌던 것 같다.

그의 다른 친구들처럼 나도 그의 집에서 잠을 잔 적이 있다. 부엌과 방이 작은 문으로 나눠져 있는 공간이었다. 그는 누군가가 집에 놀러올 때마다 바닥에 이불을 깔아줬다. 그곳에 누워서 눈을 뜨면 옷걸이에 옷이 주렁주렁 매달려 있는 것이 보였다. 우리는 자기 전에 작은 접이식 탁자를 펴고 털썩 주저앉아서 글을 쓰거나 수다를 떨었다. 그곳에는 가끔 그가 활동하고 있던 유니브페미라는 단체의 짐들이 놓이기도 하고, 그가 좋아하는 영화 포스터가 걸리기도 했다.

우리는 그곳에서 수많은 이야기를 나눴지만 이상하

게도 그 공간에 대한 이야기만큼은 하지 못했다. 온통 가족과 공유하는 공간밖에 살아보지 못한 나에게는 집 혹은 방에 대한 뚜렷한 감각이 없었다. 집은 온통 내 것이 하나도 없는 공간이었다. 그가 그곳에 많은 친구를 초대했고, 안을 깨끗하게 정돈하며 살고 있다는 것만 보고, 그가 그 공간을 좋아하고 있다고 막연하게 생각했다. 그의 방의 계약 기간이 끝나가던 어느 여름, 나는 그가 올린 SNS 게시물을 보고 뒤늦게 그도 집, 아니 방에서 탈출하고 싶었다는 사실을 알게 됐다. "우울한 원룸에는 제발 그만 살고 싶고, 최소한 요리할 수 있는 부엌이 달린 투룸은 돼야지 하고 부동산 어플이며 사이트를 두 시간 내내 뒤졌는데 정말 단 하나도 없다", "아무나 돈이 너무 많아서 타이쿤 게임하듯이 내 인생에 투자 좀 해줬으면 좋겠다. 사람이 도저히 남아 있지를 못하게 하는 이 도시가 점점 싫어진다."

그는 근로자로 인정받는 직장에 취업하지 못했기 때문에 전세 대출이 1억까지 나오는 중소기업 청년 대출*을 받을 수 없었다. 대신 전세 7000만 원 이하의 집만 구할

---

* 정확한 명칭은 '중소기업취업청년 전월세보증금대출'이다.

수 있고, 이자도 비싼 다른 청년 대상 대출을 신청해야
만 했다. 그는 그 7000만 원 내로 구할 수 있는 집 중에
안전한 집은 하나도 없다고 화를 냈다. 하지만 주택 관
련 공모 사업에 떨어진 후 다가오는 계약 만료 기간 때
문에 그냥 그 대출을 받기로 했다. 대학 생활 내내 각종
아르바이트와 과외로 차곡차곡 모은 몇천만 원의 돈을
집을 구할 때 모조리 쓸 수밖에 없었다. 복잡한 서류 준
비는 덤이었다. 그때 조금 허탈했다고, 떡볶이를 먹던
그가 말했다. 설상가상으로 그는 마음씨가 별로 좋지
못한 집주인을 만났다.

서류를 부탁하는 그에게 집주인은 소리를 질렀다. 돈
있는 사람이랑 계약할 걸 괜히 귀찮아졌다는 것이 포인
트였다. 그걸 왜 해줘야 하냐고 바락바락 화를 내는 집
주인의 전화를 받았을 때, 그는 그 집주인이 미웠다고
했다. 20대 인간이 1억이 어디서 나며, 돈 없으면 사람
도 아니냐고. 하지만 집주인이 정말로 도장을 찍어주지
않을까 봐 그는 고분고분하게 집주인을 달랬다. 집주인
은 은행 직원에게도 소리를 질렀고, 한 번만 더 전화해
서 귀찮은 부탁을 한다면 계약을 파기하겠다고 으름장
까지 놓았다. 이 모든 일이 일어난 후에야 그는 이사를
할 수 있었다.

　그는 이 모든 이야기를, 내가 일하는 기본소득당 사무실 골목 으슥한 곳에서 들려줬다. 대출과 집을 알아보고 있는 나와 또 다른 친구는 오들오들 떨면서 그 이야기를 들었다. 현실이 생각한 것보다 조금 더 절망의 편인 것처럼 느껴졌다. 나도 그런 집주인을 만나게 될까 봐 두렵기도 했다. 집주인에게는 해도 그만, 안 해도 그만인 계약이겠지만 당장 누군가에게는 길거리에 나앉느냐 마느냐의 문제였다. 그런데 누가 길거리에 나앉든 말든 귀찮다고 화를 내는 사람이 있다는 것이 무서웠다. 그것이 사회의 룰이며, 국가가 구제하지 않아도 되는 공정한 윤리라는 것이 이해되지 않았다.

　집 살 돈 없는 사람들만 남들보다 친절해야 하고, 복잡한 절차들을 지켜야 하며, 집주인의 비위를 맞춰서 온갖 무리한 일을 참아내야 한다는 사실이 부당하게 느껴졌다. 돈 없는 사람들은 돈이 없기에 더 많이 친절해야 했다. 까다로운 조건에 부합하는 사람임을 증명하기 위해 이리저리 뛰어다녀야 했다. 그가 자신처럼 돈 없는 친구에게 밥을 사주기 위해 크리스마스 연휴에 손이 꽁꽁 얼도록 일을 했다는 이야기는 그가 집을 구할 때 별로 도움이 되지 않았다. 오로지 서류만이 그를 보여주니까. 그가 얼마나 열심히 살았는지는 중요하지 않았다. 돈이 없으면 온통 도움받기 위해 무엇인가를 증명해내느라 자신을 많이 보여줄 수 없었다.

그동안 매일같이 전세값과 집값이 폭등하고 있다는 뉴스가 보도됐다. 그 사람들이 집이 두 채, 세 채가 있다는 사실도 함께였다. 국회에서는 부동산 때문에 사람들이 소리를 지르고 싸웠다. 한 지역에 대한 집중 규제를 하면 바로 옆 지역의 집값이 치솟았다. 독립을 하고 싶은데 부동산 어플에는 날이 갈수록 전세로 이사할 수 있는 집이 줄어들었다.

정부는 종합부동산세의 중과세율을 높이겠다고 발표했다. 이제야 집값이 안정되겠다 싶었는데 현실은 그렇지 않았다. 종합부동산세의 경우 실거래가 12억인 집을 가진 사람만이 세금을 내기 때문이었다. 그마저도 기업이나 학교, 법인은 세금이 감면돼 누군가는 1인 법인을 세워 집을 여러 채 사고 있었다. '고작' 1억 원이 없어서 대출을 받고, 은행과 관공서를 뛰어다녔던 친구와 텔레비전에 나오는 정치인들이 다른 세상에 사는 것 같았다. 주택 보유 상위 1퍼센트는 평균 일곱 채를 가지고 있지만 나와 친구는 빗자루로 쓸어버려도 남을 만큼 많은 무주택자중 1인이었다.

집값이 건물 가격이 아닌 땅의 가격으로 매겨진다는

사실을 안 것은 꽤 시간이 지난 후였다. 대치동의 다 쓰러져가는 낡은 은마 아파트가 끊임없이 값이 올라 20억을 돌파한 것은 다 이유가 있는 일이었다. 건물이 오래되면 집값이 낮아질 법도 한데 계속해서 상승하는 이유는 집 관리를 잘한 집주인의 덕도, 아름다운 동네를 만들기 위해 노력한 주민들의 덕도 아니었다. 단지 정부정책과 사회 발전에 의해 집값이 오르는 것이었다. 누군가는 누워만 있어도 내가 한 달 일하는 것보다 많이벌고, 집 없는 사람은 숨을 쉬기만 해도 대출금과 월세를 내느라 번 돈을 다 써야 하는 이 모든 일이 부당하게느껴졌다.

기본소득당에서는 종합부동산세를 없애고 땅에 대한과세를 의미하는 토지보유세를 신설하자고 주장한다. 12억이 넘는 집을 가진 사람에게만 세금을 내게 하는 것이 아니라 토지를 가진 모든 사람이 용도 구분 없이 세금을 내고, 모아진 세금을 모든 사람에게 기본소득으로평등하게 분배하자는 주장이다. 땅을 가지고 있지만 그땅이 별로 비싸지 않은 사람들이나 아예 집이 없는 사람들은 기본소득으로 낸 세금보다 더 많이 돌려받게 된다. 부동산 가격을 낮추기 위한 유일한 방안은 건물이아닌 땅을 조명하는 것이다.

죄다 무주택자 친구들만 둔 사람에게 집 문제는 언제나 대화의 화두다. "요새 집값이 너무 올라서 큰일이야." 그 말을 한 사람은 집이 없다. "다들 '영끌'해서 집 산다는데 내 주변엔 어쩐지 그런 사람이 없네." 그 말을 한 사람도 집이 없다. "대출이 나올지 잘 모르겠어. 대출 매니저라도 찾아봐야 할 것 같아." 그 말을 한 사람도 집이 없다. 집이 없는 사람들이 언제나 집에 가장 관심이 많다. '집'이 아닌 '방'에서 사는 사람들. 우리는 과연 집에서 살 수 있을까?

어린이의 혼밥

2016년에 편의점 아르바이트를 했다. 회사들과 주택가 바로 옆에 있던 편의점이어서 언제나 손님들이 많았다. 생각보다 많은 어린이가 아동 급식 카드를 사용한다는 사실을 일을 하면서 알았다. 아동 급식 카드는 저소득층 아이들이 끼니를 굶지 않게 하기 위해 지자체에서 발급하는 카드로, 하루에 만 원 정도를 가맹점에서 자유롭게 사용할 수 있다. 아이들은 익숙한 듯 음식을 골라 편의점 계산대 앞에 놓고 카드를 내밀었다. 이 카드를 사용할 수 있는 음식점이 근처에 거의 없었기 때문이다.

하지만 이 카드로는 과자도 사탕도 살 수 없어서 아

이들이 편의점에서 살 만한 게 별로 없었다. 고작 만 원. 하루 세 끼를 해결하기에는 바로 옆에 있는 김밥천국에서도 넉넉하지 않은 금액이었다. 그래서 아이들은 이 카드로 (편의점 음식이 대부분 그렇기는 하지만) 몸에 좋지 않은 가공식품을 먹을 수밖에 없었다.

아동 급식 카드는 이용 대상이 아동으로 한정돼 있지만 부모가 사용하는 경우도 많았다. 아이들만큼 엄마들도 카드를 들고 편의점에서 장을 봤다. 만 원만 써야 했기 때문에 그들이 사는 메뉴는 항상 똑같았다. 우유 한 팩, 통조림 하나, 그리고 편의점 음식 하나.

어느 날 매일 급식 카드를 가지고 도시락을 사던 아이가 편의점에 왔다. 아이의 부모는 편의점 바로 근처에 있던 마포구청 앞에서 철거 반대 운동을 하고 있었다. 매일 같은 시간에 철거 반대 운동을 하는 사람들의 노랫소리가 들릴 만큼 편의점은 마포구청과 가까웠다. 아이는 계산대 위에 도시락과 우유를 놓고 얌전하게 기다렸다. 그런데 왜인지 버튼을 눌러도 결제가 되지 않았다. 카드에 돈이 100원밖에 없었기 때문이다. 아이가 편의점에 오기 전 부모가 사용했을 가능성이 컸다.

"안에 돈이 들어 있지 않은 것 같아요." 난처해진 내가 이 상황을 어떻게 전달할까 고민하다가 어렵게 입을 뗐다. 아이는 실망한 표정을 지으며 어쩔 줄 몰라 하다가 엄마에게 전화를 걸었다. 전화기 너머로 긴 대화가 이어졌다. 안타깝게도 아이의 엄마는 편의점에 와서 계산을 할 수 없는 상황이었다. 한참이나 엄마와 통화하던 아이는 마침내 자신이 도시락을 살 수 있는 방법이 하나도 남지 않았다는 사실을 깨달았다. 그 순간 아이가 절망스러운 목소리로 소리쳤다. "엄마는 정말 나쁜 엄마야!" 손님들 중 한 명이 그 말에 웃음을 터뜨렸다. 계산대 앞에 서 있던 나는 웃지 못했다.

몇 년이 지난 지금도 어쩐지 그 장면이 머릿속에 생생하게 남아 있다. 그 아이는 결국 그날 끼니를 해결하지 못했을까. 나쁜 엄마가 된 전화기 너머의 사람은 아이의 절망스러운 목소리를 들으며 어떤 생각을 했을까. 내가 그 도시락을 사줬으면 어땠을까. 어쩌면 줄을 서서 계산을 기다리는 사람들의 입에서 미담이 됐을지도 모르겠다. 지금처럼 알 수 없는 죄책감으로 그 일을 기억하지 않을 수도 있겠지.

그러나 나는 내가 그 아이에게 도시락을 사주는 이야기는 미담이 되지만 아이의 카드를 써야 하는 부모의 이야기는 미담이 될 수 없다는 것을 알고 있다. 그들은 아름다운 이야기의 주인공이 되기는커녕 언제나 나쁜 부모가 될 뿐이다. 자식 밥 굶기는 부모, 용돈을 주기보다 자식의 카드를 빼앗는 부모, 능력 없는 부모. 미담이될 수 없는 사람들은 대부분 부끄러움과 죄책감에 고개를 숙이고 있는 이들이다. 아이들과 부모들이 내미는아동 급식 카드를 결제하다가 나는 그만 미담을 좋아하지 않는 사람이 되고 말았다.

2019년 12월 13일, 생활고 때문에 마트에서 물건을훔친 남성의 이야기가 MBC에 보도됐다.* 12살 아이를데리고 온 30대 남성은 경찰에 검거됐을 때 몸을 덜덜떨고 있었다고 했다. 그는 처벌되지 않았다. 대신 경찰은 그와 아이에게 국밥을 사줬고, 익명의 누군가는 그들에게 20만 원을 건넸다. 아이의 아버지는 몸이 아파서 6개월째 일을 하지 못하고 있는 상황이었고 집에는홀어머니와 또 다른 자식이 있었다. 아무런 죄도 묻지않은 마트 사장, 봉투에 돈을 담아 전달한 익명의 개인,국밥을 사준 경찰관까지. 그 이야기는 미담으로 불리기충분했다.

많은 사람이 감동한 이 일화는 '현대판 장발장'이라는

---

* 〈배고파 음식 훔친 '현대판 장발장'…이들 운명은〉, MBC 뉴스데스크, 2019.12.13.

이름으로 여러 언론에 보도됐다. 그러나 나는 그 이야기가 반갑지 않았다. 경찰이 약속한 일자리 알선과 급식 카드로는 그들의 인생이 해결될 수 없다. 마트에서 조금의 생필품 지원을 해준다고 해도 그들의 처지가 나아지지 않을 것이다. 아픈 몸을 끌고 일할 자유를 주는 것은 해결이 아니다. 급식 카드로 밥을 사먹는 것을 누구에게도 들키지 않기 위해 전전긍긍하는 많은 아이를 나는 이미 봐버렸다.

가난은 낭만이 돼서는 안 된다. 그들의 삶도 미담으로 소비돼서는 안 된다. 그들을 조금이라도 구출하는 것이 국가가 아니라 마음 착한 시민들이라면 그것은 미담이 아니라 불행이다. 마음 착한 시민들의 시야에 벗어난 많은 현대판 장발장들이 오늘도 벌을 받고, 고개를 숙인다. 현대판 장발장들은 그래서 미담을 만들어내지 못한다.

더 이상 미담이 만들어지지 않는 사회가 우리에게 필요하다. 우리에게 필요한 것은 아름다운 이야기가 아니라 모두의 삶을 보장할 수 있는 사회 시스템이다. 급식 카드를 내미는 부끄러운 손들이 줄어들 때다. 가난을 증명해 보여야 하는 세상, 복지 사각지대가 있는 세상, 다행히 복지 수혜자가 되더라도 그 금액이 형편없이 작아 생계를 걱정해야 하는 세상은 결국 미담만을 만들어

낼 수밖에 없다.

　누구도 선별하지 않고, 죄책감이 없는 세상을 위한 기본소득이 필요하다. 가난을 증명해 보여야 하는 잔인한 제도 속에서 사람이 행복하기는 어렵다. 가난하기 때문에, 무능하기 때문에 복지 제도의 수혜를 받는 것이 아니라 인간의 권리로서 기본소득이 필요한 국가를 이제 상상해야 한다. 그것이 가능할 때 우리는 비로소 미담이 사라진 사회를 볼 수 있을 것이다.

엄마의 자립

엄마가 울기 시작했다. 납작하게 엎드린 채 발을 동동 구르며 아기처럼 울었다. 나와 아빠는 소파에 앉아 텔레비전을 보고 있다가 화들짝 놀랐다. 이사를 온 지 두 달쯤 됐을 때였다. "이미 늦어버렸어, 이미 늦어버렸다고." 급기야 엄마는 엉엉 소리내서 울기 시작했다. 문득 아까 엄마가 했던 말이 생각나서 시계를 봤다. 저녁 8시 5분이 천천히 지나가고 있었다.

"체육 센터 수영반 신청해야 해. 오늘 8시에 선착순 신청 마감이야. 노트북 좀 빌려줘." 두 시간 전, 불쑥 내 방으로 들어온 엄마가 난데없이 노트북을 빌려달라고 했다. 낡은 노트북과 충전기를 엄마에게 건네고 곧바로 휴대폰에 재생되고 있던 유튜브 동영상으로 눈을 돌렸다. 엄마는 방에서 나가는 대신 가만히 서서 내 눈치를 이리저리 살폈다. 이유를 알고 있었지만 모르는 척했다. 동영상을 끝까지 보고 싶었기 때문이다. 내가 엄마에게 말을 걸면 엄마는 냉큼 "어떻게 하는지 모르겠는데 대신 좀 해주면 안 돼?"라고 말했을 것이다.

컴퓨터와 휴대폰을 잘 다루지 못하는 엄마가 이해되지 않았다. 버튼을 눌러보며 전자기기 사용법을 익히는 일이 엄마에게도 어렵지 않을 거라 생각했다. 엄마가 늘 시도조차 하지 않고 부탁만 하는 것이 싫었다. 엄마가 컴퓨터와 휴대폰을 잘 못 다루는 이유는 엄마의 의지가 부족한 탓이라 믿었다. 사용법을 알려주는 일이 어려운 일이 아니었는데도 그랬다. 순전히, 귀찮았기 때문이다.

8시 5분이라는 시간을 보는 순간, 퍼뜩 엄마가 우는 이유를 깨달았다. 선착순 신청에서 탈락한 것이 분명했다. "엄마, 빨리 노트북 줘봐." 엎드려 우는 엄마에게서 노트북을 건네받았다. 화면은 선착순 신청 게시판이 아닌 영 엉뚱한 곳에 멈춰 있었다. 침착하게 회원 가입을 하고 게시판을 열었지만 이미 모집 정원보다 두 배는 많은 사람이 수영반을 신청한다는 글을 써대고 있었다.

잠시 울음을 그쳤던 엄마가 그 화면을 보고 또 울기 시작했다. 나와 아빠가 진땀을 빼며 뒤늦게 글을 쓰고 업로드 버튼을 누르는 순간, 엄마가 말했다. "아무도 도와주지 않았어."

아무도 도와주지 않았어. 그 말이 콱 하고 마음에 박혔다. 고개를 들어 엄마의 얼굴을 살피는데, 원망과 분노에 일그러진 표정이 보였다. 그제야 나는 엄마가 우는 진짜 이유를 깨달았다 엄마는 수영반에 신청하지 못해 울고 있는 것이 아니었다. 엄마는 아무도 자신을 도와주지 않기 때문에 울고 있었다.

체육 센터 수영반이라는 그 사소해 보이는 공간이 엄마에게 어떤 의미였는지 뒤늦게 곱씹었다. 그곳은 엄마가 유일하게 자신의 이름으로 불릴 수 있는 공간이었다. 엄마는 너무나 허망하게 자신의 이름으로 불릴 수 있는 마지막 공간을 막 빼앗긴 참이었다. 어떤 가족 구성원도 엄마를 돕지 않았기 때문이다.

엄마는 동대문구 언저리에서 몇십 년을 살았다. 내 모든 것이 그곳에 있었던 것은 아니지만 엄마의 모든 것은 그곳에 있었다. 친구도, 자신의 이름으로 불릴 수 있는 공간도, 이웃도. 그곳을 떠난 후 엄마는 지독한 외로움에 시달렸다. "오늘은 빨리 와서 엄마랑 저녁 먹으면 안 될까?" 나는 바쁘다는 이유로 그 부탁을 번번이 거절했다. 엄마는 빈집에서 혼자서도 밥을 잘 챙겨먹고 있었을까? 한 번도 그것을 묻지 않았다. 나에게 엄마는 '엄마'였지, 돌봐야 하는 사람이 아니었다. 아마 그건 아빠에게도 마찬가지였을 것이다.

엄마에게도 친구가 필요했다. '민주와 민경이 엄마', '의식이 아내'가 아니라 엄마의 이름, '이선옥'으로 불릴 수 있는 공간이 필요했다. 엄마를 돌봐주는 공간이 필요했다. 사랑이 필요했다. 그런데 집은 그 어느 쪽에도 속하지 못했다. 뒤늦게 그걸 깨닫자 엄마에게 너무 미안해서 방에 들어가 펑펑 울었다. 나는 이 잔인한 집을 만드는 데 기여한 못난 딸이었다.

엄마는 단 한 순간도 '우리' 집에 얹혀살지 못했다. 사랑하고 가꾸는 일, 돌보고 챙기는 일이 모조리 엄마의 것이 돼서는 안 됐다. 그런 공간에서 엄마는 가족에게 의존할 수 없었다. 엄마는 온통 자신이 돌봐야만 하는 공간에서 혼자 무슨 생각을 했을까. 내가 밉지는 않았을까. 엄마는 우리 집인데도 왜 나처럼 얹혀살지는 못했을까. 그 생각을 할 때마다 바닥에 엎드려 울던 엄마의 모습이 떠오르고, 나도 그렇게 울고 싶어졌다.

엄마는 운 좋게 수영반에 다닐 수 있게 됐다. 먼저 신청한 사람들이 연락이 되지 않았고, 선착순에 밀린 사람들이 추가 접수 기회를 따기 위해 체육 센터에 나오는 성의를 보이지 않은 덕분이었다. 체육 센터 로비에서 오랫동안 번호표를 만지작거리던 엄마는 거의 맨 마지막으로 수영반을 신청할 수 있었다. "진짜 운이 좋았다니까." 식탁에 앉은 나에게 엄마는 싱글벙글한 표정으로 그 이야기를 전해줬다.

엄마는 몸이 안 좋아도 수영반에 출석해야 하는 날이면 꼭 체육 센터로 발을 옮겼다. 같이 밥을 먹을 때면 자신이 얼마나 수영을 잘하는지, 수영반 사람들과 무엇을 먹었는지, 오늘 수영을 몇 바퀴 돌았는지 이야기해 줬다. 재잘재잘 이야기를 풀어놓는 엄마가 전보다 행복해 보여서 기분이 좋았다. 그러다가 어느 날은 문득 공부를 해봐야겠다는 생각을 했는지 주민 센터 일본어반을 신청했다. 초급 일본어반이 없어서 중급 일본어반을 신청한 엄마는 어렵다고 자주 투덜거렸다. 그러나 엄마는 꼬박꼬박 출석했고 매일 밤 12시까지 공부를 했다. 냉장고에도, 문에도, 식탁 벽에도 엄마가 써놓은 단어들이 포스트잇에 쓰여 덕지덕지 붙어 있었다.

"엄마 이름은 타마たま상이야. 엄마 이름 이선옥에서 맨 마지막 글씨인 '구슬 옥玉'을 일본어로 쓴 거야." 그

말을 하는 타마상의 눈이 반짝였다. 그때부터 타마상의
말에 많은 이름이 등장하기 시작했다. 링고りんご(사과)
상과 토라とら(호랑이)상이 가장 자주 나왔다. 타마상의
입에서 나오는 링고상과 토라상의 이야기를 듣다가 갑
자기 궁금해져서 물었다. "엄마는 왜 일본어 공부를 하
게 됐어?"

타마상은 씩 웃으며 대답했다. "일본 자유 여행을 갈
거야." 일본어를 하나도 알아들을 수 없다고 툴툴거리
던 타마상은 꽤나 오랜 시간이 흐른 후에야 일본의 초
등학교 6학년 교과서를 모조리 읽을 수 있게 됐다. 타마
상은 그때쯤 링고상과 토라상과 함께 일본 자유 여행을
떠났다. 길을 잃어 들어간 한적한 일본 시골 마을에서
별을 보며 걸었다는 이야기는 내가 가장 좋아하는 이야
기가 됐다. 세 명의 중년 여성이 밤길을 두려움 반, 설렘
반을 품고 걷는 모습을 생각하면 내 마음까지도 설렘으
로 가득 차게 된다.

타마상을 돌보기 위해 무엇을 해야 하는지 낯설다.
27년간 타마상을 제대로 돌봐준 적 없기 때문이다. 분
명한 것은 타마상에게도 얹혀살 수 있는 공간이 필요하
다는 사실이다. 가정 내에서 엄마라는 존재는 늘 모든
것을 돌보고 가꾸고 정리하는 사람으로 분류됐다. 어떤

누구도 타인의 돌봄 없이는 생존할 수 없지만, 정작 남을 돌보고 가꾸는 일은 돈이 되지 않아서 무가치한 것으로 여겨졌다. 헌신과 봉사, 사랑이라는 이름으로 그 일들이 '당연한 것'으로 바뀔 때마다 가족 내부의 여성은 그가 하는 만큼의 동등한 돌봄을 받지 못했다.

우리는 알게 모르게 집에서, 회사에서, 학교에서 누군가의 돌봄을 받고 살고 있지만 어느새 그건 숨을 쉬는 것처럼 당연해지고 말았다. 누군가 내 집을 청소하지 않았다면, 누군가 밥을 차리지 않았다면, 누군가 슬픈 일이 있을 때 나를 위로하지 않았다면 우리는 아마 살아 있지 못할 것이다. 모든 인간은 혼자 자라나지 못했고, 다 자란 이후에도 결코 혼자서 살아갈 수는 없다. 언제나 누군가에게만 강요되는 돌봄은 타마상을 외롭게 만들었다. 아마 어딘가에서는 수많은 '타마상'들이 외로움을 느끼며 서 있을지도 모르겠다. 책으로 보고 알고 있는 것들이 타마상을 볼 때면 기억이 났다.

나는 타마상이 '신민주의 엄마'가 아니라 자신의 이름으로 어디든지 가고 무엇이든 할 수 있기를 바란다. 그러기 위해서는 무언가를 돌보는 일이 모두의 것이 돼야 한다. 오래전, 낸시 프레이저라는 서양의 철학자가 했던 말들이 떠오른다. 우리는 모두 누군가의 돌봄을 받고 살아야 한다고, 돈을 받는 일을 모두가 할 수 있는 사회가 이 세상의 기본이 아니라, 모든 사람이 타인을 돌보는 일을 할 수 있는 사회가 이 세상의 기본이 돼야 한다고.* 우리는 자주 돈을 가져오는 일만을 세상의 중심으로 사고하지만 누군가를 돌보는 것만큼 중요한 일은 없을지도 모른다.

　낸시 프레이저는 모든 일자리가 타인을 돌볼 수 있는 형태로 바뀌어야 한다고 주장했다.** 어쩌면 그건 모든 사람이 조금 덜 일하고 가정에서, 동네에서, 사회에서 필요한 일들을 할 수 있는 시간을 갖는다면 가능해질 수도 있다. 노동시간 단축으로 줄어든 임금을 기본소득을 통해 보충하는 것도 하나의 아이디어다. 우리가 임금노동 외에 기본소득을 받을 수 있다면, 그래서 '돈을 받는 일'만 중요하다는 인식이 조금은 낮아진다면, 비로소 돈을 가져오지는 않지만 소중한 것들이 보일 것이다.

　그런 의미에서 가사와 돌봄의 가치를 높이기 위해서도 기본소득이 필요하다. 아직까지 한국 사회에서는 여성에

---

* 　낸시 프레이저, 《전진하는 페미니즘》, 임옥희 옮김, 돌베개, 2017.

** 같은 책.

게만 돌봄과 가사의 임무를 맡기곤 하니 남성의 육아휴
직을 의무화하는 방안이나 동네에서 부부가 함께 진행하
는 공동 육아의 방법도 더욱 고민해봐야 할 것이다.

돌보는 사람과 돌봄을 받는 사람이 따로 나눠지지 않
는 세상을 그릴 때면 지금보다 더 다양한 삶의 모습이
떠오른다. 자신이 하고 싶은 대로, 자신이 할 수 있는 방
식으로 타인을 돌볼 수 있는 사회는 매력적이다. 장애
인이 돌봄이 필요한 사람으로만 있는 것이 아니라 동등
한 관계 속에서 다른 사람을 돌볼 수 있고, 노인이 젊은
이와 상호작용을 하며 서로 돌봄을 수행하는 사회, 성
별과 상관없이 모두가 모두를 돌보는 사회가 다만 책에
서나 보던 일이 되지 않기를 바란다. 타마상도 마음 놓
고 누군가에게 냉큼 엎혀살 수 있기를. 그 공간들 속에
집도 포함됐으면 좋겠다.

타마상의 멋진 가이드를 받으며 내년 여름에는 꼭 일
본 자유 여행을 떠나야겠다. 일본 음식을 배불리 먹은
후 "고치소우사마데시타 (잘 먹었습니다) ごちそうさまでした"
라고 말하는 타마상의 얼굴을 보고 싶다. 그리고 가급
적, 그 얼굴을 오래 기억하고 싶다.

승무원은 자신의 미소와 그것을 진실 되게 유지하는 감정 노동이 정말 자신의 것인지 궁금해 한다. 그것이 정말 자신의 일부를 표현하고 있는가? 아니면 회사를 위해 일부러 만들어져 전달되는 것인가? 자기 내부의 어디가 '회사를 위해' 일하고 있는가?

– 앨리 러셀 혹실드, 《감정노동》

2부

출근을 하지 않아도 된다면

사장님이 망했어요

똑똑똑. 난데없는 노크 소리에 화들짝 놀라 잠에서 깼다. 눈을 뜨니 커다란 부채를 손에 쥔 할아버지가 나를 째려보고 있었다. 노크 소리는 그가 편의점 계산대를 두드리는 소리였다. "디스 하나." 비몽사몽간에 기억 났다. 아, 맞다, 아르바이트하고 있었지.

　오래간만에 꿀알바를 잡았다. 세상에 꿀알바가 존재한다는 말은 다 거짓말인 줄 알았는데 아니었다. 매장도 작고 손님도 없었다. 귀찮게 로또와 토토를 팔아야 하지도 않았다. 점장님도 착한 사람이었다. CCTV를 보고, 내가 조금이라도 쉬고 있으면 전화를 걸어 마구 소리를 지르던 이전 점장님들과는 달랐다.

"이름이 신민주라 했었죠? 민주 씨 음료수 하나 마실
래요? 냉장고나 매대에 있는 음료수 중에 먹고 싶은 것
하나 먹어요." 덕분에 나는 음료수를 홀짝홀짝 마시며
교육을 들었다. 계산을 하는 법, 포인트 적립을 하는 법,
빈 음료수 매대를 채우는 법, 교대를 할 때 정산이 맞는
지 체크하는 법을 배웠다. 그는 젊어 보이면서도 나이
가 많아 보였다. 삐쩍 말라서 그런 것 같기도 했다. 자기
몸보다 커다란 편의점 조끼를 입고 재빠르게 움직이는
그의 모습을 멍하니 보고 있는데 그가 허허실실 사람
좋은 웃음을 지으며 말했다. "첫날이라 복잡하고 헷갈
리죠? 다 익숙해지니 괜찮아요." 그는 내가 처음 만난,
아르바이트생에게 존댓말을 써주는 점장이었다. 그 때
문인지 나는 첫 만남부터 그를 퍽 좋아하게 됐다. 착한
점장님, 많지 않은 손님, 어렵지 않은 업무. 결심했다.
이 편의점에서 오래오래 일해야겠다고.

　교육이 끝나고 본격적으로 일을 시작했다. 내가 가게
에 도착하면 인사를 할 새도 없이 순식간에 편의점 조
끼를 후다닥 벗고 퇴근해버리는 야간 아르바이트생과,
퇴근하기 5분 전에 도착해 내게 이런저런 말을 거는 오
후 타임 아르바이트생도 만났다. 오후 타임 아르바이트
생은 일할 때 기억해야 할 몇 가지 팁을 알려줬다. 가끔

바깥에 진열한 물품을 훔쳐가는 사람이 있다는 것, 동전을 세야 할 때는 한 손으로 하나하나 세는 것보다 두 손에 한 움큼 쥐고 바닥에 떨어트리며 세는 것이 빠르다는 것, 진상 손님 리스트 등등. 그에게서 흉흉한 소식을 전달받은 것은 내가 그곳에서 일한 지 3주가 될 때쯤의 일이었다.

"전보다 물품 주문이 많이 도착하지 않는 것 같아요. 민주 씨가 일할 때도 냉동식품이나 도시락만 들어오죠? 요새 음료수도 잘 안 들어오고 과자나 생필품도 잘 안 들어와요. 여기 망해가나 봐요." 생각해보니 과자나 생필품이 들어오는 것을 잘 보지 못한 것 같았다. 원래 편의점 창고에 이렇게 물품이 적게 있는 것일까? 창고에 가보면 재고가 그득그득 쌓인 것이 아니라 대부분 빈 채 방치돼 있었다. 단골손님이라고 해봐야 얼굴이 기억나는 노인 몇 명뿐이었다. 이 편의점이 월세와 아르바이트생 월급만큼이라도 돈을 벌고 있는 것이 맞는지 의심스러웠다.

걱정스러운 마음을 친구에게 털어놨다. 오래간만에 좋은 일자리를 구한 줄 알았는데 쪽박을 찰 위기에 놓였다고, 근데 그 쪽박을 나만 차는 것이 아니라 점장님도 차게 될 위기인 것 같다고. "나는 그렇다 쳐도 점장님

은 어떡해. 가족이 있을 수도 있고 빚을 져야 할 수도 있
잖아." 그때 내 말을 잠자코 듣고 있던 친구가 말했다.
"야, 고양이 걱정하는 쥐가 어디 있어. 네 걱정이나 해."

조금 기분이 나빴지만, 다시 생각해보니 그 말이 맞는
것 같았다. 그래, 누가 누굴 걱정하겠어. 점장님은 장사
가 더럽게 안 되기는 하지만 어엿하게 편의점을 가지고
있는 사람이었다. 아르바이트생도 고용할 수 있을 만큼
은 여유가 있는 것 같기도 했다. 애초에 편의점이 망할
것 같다는 생각은 나와 오후 타임 아르바이트생의 추측
일 뿐이었다.

그러나 갈수록 창고는 더욱 텅텅 비어갔고, 물건을 정
리하거나 손님과 대화하는 시간보다 앉아서 휴대폰 게
임을 하는 시간이 늘어났다. 가끔 일어나서 이곳저곳을
청소하기는 했지만 그것도 편의점이 작아 금방 끝났다.
점장님이 아르바이트생 대신 나와 일하는 시간도 점점
많아졌다. 그래도 망하지는 않을 거야. 난 여기에서 오
래오래 일할 거야. 불길한 예감을 억누르기 위해 이 모
든 상황을 못 본 척했다.

"민주 씨, 이제 안 나와도 될 것 같아요. 편의점이 문
을 닫게 됐어요. 그동안 수고하셨고 미안해요." 마침내
점장님이 내게 전화를 걸었을 때 올 것이 왔음을 직감

했다. 정말로 편의점이 망했다. 오래오래 일하겠다는 다짐과 달리 고작 일한 지 3개월이 됐을 때였다. "일자리가 바로 필요하다면 아는 편의점 점장들에게 연락해서 계속 일할 수 있는 방법을 찾아볼게요. 미안해요. 진작 말했어야 했는데 늦었네요." 그와의 통화는 짧게 끝났다. 나는 하루아침에 일자리를 잃었고, 점장님은 하루아침에 점포를 잃었다. 공통점은 우리 모두 생계 수단이 사라졌다는 사실이었다. 심지어 둘 다 고용 보험이 없어 실업 급여조차 받을 수 없었다.

친구의 말이 머리에 맴돌았다. 진짜 점장님이 '고양이'였을까? 그렇다면 그와 일하던 나는 정말 '쥐'였을까? 어쩌면 우리 둘 다 '쥐'였던 것은 아니었을까? 그와 예상치 못하게 이별한 이후, 그가 어떻게 살고 있는지 몹시 궁금했다. 다른 곳에 취업을 했을지, 아니면 새로운 편의점을 운 좋게 열었는지. 아직도 모두에게 존댓말을 쓰며 사는지. 누군가에게 음료수를 사주며 허허 웃어 보이는지. 여러 편의점에서 일할 때마다 그가 그리웠다. 새로운 점장님들은 나에게 음료수를 사주지 않았고, 존댓말을 써주지 않았다. 매번 똑같은 맛만 나는 유통기한 지난 도시락들을 먹을 때마다 점장님이 어떤 도시락이 가장 맛있는지 알려줬던 때가 기억나 웃곤 했다.

편의점에서 일하며 사회의 기준에서 '잉여'라 불리는 많은 사람을 만났다. 실업 급여 따위 받을 수 없는 아르바이트생들, 급식 카드를 내밀던 사람들, 폐지를 줍다가 라일락 담배를 사러 오던 노인들까지. 사회는 그들을 게으른 사람들이라 분류하고는 했지만, 그들은 결코 게으르지 않았다. 지폐를 건네는 노인의 손에 그려진 주름살과, 점장의 얼굴에 맺힌 땀방울들은 그들이 살아온 길과 해왔던 노동의 증표처럼 남아 있었다.

실업자, 영세 자영업자, 아르바이트생. 10년쯤 전부터 사람들은 누구보다도 불안정한 노동 환경에서 일하고 있는 계급인 이들을 프레카리아트precariat*라 불렀다. 그리고 10년 후인 이제는 불안정한 노동환경에서 일하는 사람들이 너무도 많아지고 너무도 명확해져서 이제는 그 표현을 잘 쓰지 않게 됐다. 어려운 사람들의 힘든 이야기들은 빗자루로 쓸어도 남을 만큼 차고 넘쳤으니까.

평범한 불운은 우리가 마시는 공기처럼 우리 주변을 둥둥 떠다니고 있었다. 내가 일하던 편의점이 망해버린 것도, 어느 날인가 단골손님의 포장마차가 단속반 때문

---

* 이탈리아어로 '불안정한'이라는 의미의 '프레카리오(precario)'와 '무산 계급'을 뜻하는 '프롤레타리아트(proletariat)'의 합성어.

에 철거된 것도, 인생이 누군가를 배신하는 것도 그랬다. 우리는 모두 이 세상에서 아등바등 살아가고 있지만 그 세상이 항상 우리에게 보답을 주는 것은 아니었다. 언제나 사회는 망해버린 사람들에게 많은 것을 증명하기를 바랐다.

사람들은 앞으로 열심히 구직 활동을 할 것을 약속해야 했고, 지원을 받아야 할 만큼 가난하다는 것을 긴 서류로 알려야 했으며, 내 장애의 정도가 심각하다는 것을 의사 앞에서 증명해야 했다. 그래야만 아주 조금, 생활을 영위할 수 있는 지원금이 지급됐다. 사회가 툭 하면 던지는, 삶이 무너진 다음 책임지겠다는 약속은 믿을 만한 것이 못 될 때가 많았다. 세상은 호락호락하지 않았다.

주머니 속에서 꼬깃꼬깃 접힌 지폐로 로또를 사는 가난한 사람들을 매일같이 마주보고 있다가 나는 그만 모두 무너진 다음에 책임져주겠다는 사회의 말을 믿지 않는 사람이 돼버리고 말았다. 이들에게는 책임져주겠다는 보증 없는 수표 대신 벼락 맞을 확률보다 적은 특별한 행운이 더욱 믿을 만한 것이 돼버렸다는 사실을 깨달았기 때문이다. 특별한 행운과 특별한 구원으로는 모두를 구할 수 없었다. 그것이 우리가 놓인 평범한 비극이었다.

쥐들을 위한 국가는 정말로 불가능할까. 나는 그 질문 위에서 기본소득과 만났다. 기본소득은 조건과 심사 없이 모든 구성원에게 정기적으로 지급되는 소득을 뜻한다. 일을 하는지, 일을 하지 않는지, 장애가 있는지, 장애가 없는지, 소득 수준과 주거 형태, 가족의 형태와 상관없이 기본소득은 모두에게, 평등하게 같은 금액으로 지급된다. 기본소득이라는 아이디어를 처음 들었을 때, 나는 편의점 점장님을 떠올렸다. 그리고 그곳에서 만난 사람들을 떠올렸다.

기본소득이 "가난한 사람을 도와야 한다"라는 명제가 아닌 "애초에 가난한 사람들이 없는 사회는 불가능할까?"라는 질문에서 시작하는 제도여서 마음에 들었다. 우리가 애초에 가난과 상관없이 돈을 받을 수 있었다면. 가난한 사람들을 구원하는 것이 아니라 모두가 가난해지지 않을 수 있는 일정만큼의 소득을 보장한다는 아이디어는 사회의 패러다임을 완전히 바꾸는 아이디어기도 했다. 그래, 어떤 누구도 가난하게 살아도 괜찮은 이유 따위는 없다.

최소한의 인간다운 삶을 모두에게 보장하는 사회가 쥐들을 위한 세상이라고 믿는다. 그 결론에 도달했을 무렵, 나는 기본소득을 세상에 알려야겠다고 다짐했다.

만 원에 웃음을 팝니다

온통 검은 옷을 입은 커다란 남자를 따라가고 있었다. 그는 우리를 안내하면서도 핀 마이크에 대고 연신 뭐라 뭐라 중얼거렸다. "빨리 빨리 이동하세요." 겁을 먹고 천천히 그를 따라가던 나와 친구를 그가 채근했다. 그의 목소리가 너무 사무적이고 싸늘해서 찬바람이 휭 부는 것 같았다. 그는 바빠 죽겠는데 사람들이 자기 말을 안 듣는다고 투덜거렸다.

예능 프로그램에 배경으로 깔리던 여자들의 웃음소리가 기계음이 아니라는 사실을 처음 알게 됐다. 급전이 필요할 때마다 '알바 천국'에 들어가면 꼭 몇 개씩 엑스트라 아르바이트와 방청 아르바이트가 떴다. "연예인

에 관심 많은 분! 정말 돈이 필요한 분! 모십니다. 친구
와 참여해서 재미있게 방송만 보면 되는 일입니다." 광
고에 혹할 때도 있었지만 번번이 포기했다. 그렇지만
친구가 "신청했는데 혼자 가기 무서워서 그래. 같이 가
보자"라고 말했을 때는 거절하지 못했다.

　건물 복도에 우리들처럼 겁먹은 여자들이 있었다. 다
들 이러한 상황을 처음 겪어보는 듯 이리저리 고개를
돌리며 불안해하고 있었다. 그도 그럴 것이 안내해주
는 남자는 계속 불친절했고, 몹시 귀찮다는 듯이 행동
했다. 우리는 그때까지 어떤 방식으로 일이 진행되는지
조차 듣지 못했다.

　마침내 그를 따라 바쁜 발걸음을 옮기다 작은 방 앞에
도착했다. 그가 문을 열자 먼저 온 여자들이 그득그득
앉아 있는 것이 보였다. 초록색 벽지가 촌스럽게 붙어
있던 방이었다. 방 맨 앞에는 의자 하나와 작은 텔레비
전 하나가 놓여 있었다. 남자는 그 의자 위에 앉더니 설
명을 시작했다. "자, 제가 손을 위로 들면 여러분은 웃
으셔야 해요. 한번 해봅시다." 그가 손을 머리 위로 들
었다. 이게 도대체 무슨 일인가 싶어 어색하게 앉아 있
는데 사람들이 박장대소하기 시작했다. 그 웃음소리가
너무 소름끼쳐서 몸을 부르르 떨었다. 여자들은 버튼을

누르면 웃는 인형처럼 깔깔거렸다. 의자 위에 앉은 그
가 만족스럽다는 듯이 미소를 지어 보였다.

"자, 그럼 제가 손으로 원을 그려 보이면 여러분은 아
쉽다는 듯이 '어어' 라고 외쳐주시면 됩니다. 한번 해봅
시다." 그가 손을 앞으로 뻗어 원을 그리자 아까 웃었던
것과 마찬가지로 사람들이 일제히 야유했다. 비슷한 연
습이 이어졌다. 그가 박수를 치는 척하면 사람들이 환
호했고, 그가 주먹을 쥐면 일제히 리액션을 멈췄다. 그
는 사람들의 호응 소리가 낮을 때마다 "더 크게! 더 크
게!"를 외쳤다. 15분간의 연습이 끝난 후, 그는 비장한
표정을 지으며 말했다. "이제 곧, 방송이 시작됩니다.
연습하신 것대로 하면 됩니다."

그가 일어나서 텔레비전을 틀자 경쾌한 소리와 함께
요리 프로그램이 시작됐다. 프로그램 이름이 화면에 뜨
기가 무섭게 그가 박수를 치는 시늉을 했고, 우리는 일
제히 환호하며 박수를 쳤다. 출연진들이 시답잖은 농담
을 던지면 그가 손을 높이 들어올렸다. 그러면 다 같이
박장대소를 했다. 요리를 하던 출연진들이 실수하면 그
가 손으로 원을 만들었고, 사람들이 모두 야유를 했다.

한 시간 동안 웃고, 야유하고, 박수치다 보니 더 이상
웃고 싶어도 웃을 수 없는 상태가 되고 말았다. 다행히

그때쯤 프로그램이 끝이 났다. 우리 손에는 한 시간 동안 웃은 대가로 만 원이 떨어졌다. "그래도 여기는 만 원 주네. 내가 저번에 간 곳은 한 타임에 3만 원이라 해서 갔는데 새벽 3시에 끝났어. 저녁 8시부터 시작했는데 말이야." 돈을 받고 터덜터덜 나오는데 친구가 말했다.

꿈도, 희망도, 자아실현도 찾아볼 수 없는 그 초록색 방에서 나온 이후 다시는 방청 아르바이트를 하지 않았다. 방청 아르바이트는 내 인생 최악의 아르바이트 1위에 등재됐다. 웃음을 만 원 정도의 돈으로 팔고 있다 보면, 나라는 인간의 가치도 만 원 정도로 떨어지는 기분이었다. 그러나 그곳에서 기계처럼 웃고 있던 겁에 질린 여자들에 대해서는 계속 생각할 수밖에 없었다. 그들은 왜 방청 아르바이트를 하게 됐을까. 다음 방청 아르바이트에도 참여했을까. 급전이 필요해서 웃음을 파는 일들을 계속하는 사람들이 또 있지는 않을까.

꽤 시간이 흐른 후, 친구와 대화하다 그 일이 다시 떠올랐다. 우리는 노동이란 신성하고 아름다우며 자아를 실현하는 수단이라는 주장에 대해 어떻게 생각하는지 이야기하고 있었다. 친구가 화를 내며 말했다. "설빙에서 새벽 두 시까지 아르바이트 해보라고 해요. 진짜 그런가." 그의 분노에 나는 씁쓸하게 웃었다. 방청 아르바이트에 대한 기억들, 편의점 아르바이트에 대한 기억들, 인간답게 대우받지 못한 상황들에 대한 기억들이 떠올랐기 때문이다.

그랬다. 대부분의 일자리에서 우리는 '우리'로 존재할 수 없었다. 시답잖은 장난을 좋아하는 우리, 저녁엔 꼭 맥주를 마시자고 약속하는 우리, 새로운 사회와 살고 싶은 집에 대해 토론하는 우리는 그 일자리에 없었다. 우리의 삶은 억지로 웃어야 하는 그 '초록색 방'에서 시작되지 않는다. 우리의 삶은 억지웃음이 가득한 공간이 아니라 한 잔의 맥주에서, 서로 장난을 치는 시간에서, 책 한 권을 읽고 서로의 생각을 나누는 시간에서 시작된다.

"지금 하는 아르바이트를 하지 않아도 된다면 밴드 공연을 하고 싶어요." 그 문장으로 우리의 대화는 끝이 났다. 나는 그 대화가 그렇게 끝나서 몹시 좋았다. 각자의 초록색 방에서 나온 후에도 돈 때문에 또 다른 초록색 방에 들어가야 하는 우리가 그런 말을 하는 게 좋았다. 우리가 아직 억지로 해야 하는 일 대신 진짜 하고 싶은 일을 마음속에 담아두고 살고 있다는 사실이 좋았다.

돈 때문에 해야 하는 일에서 벗어날 수 있다면, 우리는 초록색 방에서 나와 진짜 하고 싶은 일들을 찾을 수 있을 것이다. 세상에는 돈이 되지 않더라도 소중한 일들이 얼마든지 있다. 밴드 공연을 하고 싶은 사람, 아기와 더 시간을 보내고 싶은 사람, 조금만 더 쉬고 싶은 사람, 예술가가 되고 싶은 사람, 작가가 되고 싶은 사람. 이들이 하고 싶은 '일'이 돈이 되지 않는다고 할지라도 무가치한 것으로 취급받아야 할 이유는 전혀 없다. 돈이 되지 않는다고 아무도 노래하지 않는다면, 돈이 되지 않는다고 아무도 남을 돌보지 않는다면, 돈이 되지 않는다고 청소와 빨래, 설거지를 그만둔다면 아마 이 사회는 그대로 멈춰버릴 것이다. 혹은 매우 불행해지겠지.

그런 생각을 하다 보면 우리가 조금은 돈이 되는 일을 하는 시간을 줄이고 하고 싶은 일을 할 수 있는 시간을 늘려도 괜찮을 것만 같았다. 우리에게 조금이나마 삶의 여유를 찾을 수 있는 시간이 있다면. 우리가 돈 되는 일을 억지로 하지 않아도 조금이나마 소득을 얻을 수 있다면. 그런 세상이 온다면 우리가 인생에서 포기하는 부분 없이 하고 싶은 일들을 하고 살 수 있기를 바란다. 초록색 방 안으로 끊임없이 밀려 들어가도 괜찮은 사람 따위는 없으니까.

증명하지 않을 권리

"자, 이제 계란을 바위에 던져봅시다!" '와아아' 하는 함성과 함께 누군가 계란을 집어던졌다. 한쪽 발을 멋지게 들어 올리고 팔을 휘두르는 폼이 야구선수 같았다. 사람들은 낄낄거리며 '에그스칼리버'가 바위를 부숴버릴 거라 말했다. 날아간 계란이 돌에 부딪히며 산산조각 났다. 깨진 계란 껍질에는 '노오오오오력'이라는 글씨가 쓰여 있었다. 아까까지는 계란이 바위를 깨버리길 바라고 있던 사람들이 박살 난 계란을 보고 웃음기 가득한 표정으로 야유를 보냈다.

2015년 추석, 고향에 내려가지 못하거나 내려가기 싫은 잉여들이 시청 광장으로 모였다. 어차피 고향에 가

봤자 취업하라, 결혼하라 잔소리만 들을 것이니 그냥 우리끼리 캠핑이나 하기로 했다. '한가위 한(限)마당"이라는 추석 캠핑 프로그램에 놀랍게도 20명이 넘는 청년들이 왔다. 나름 캠핑이니 캠핑장도 열심히 꾸몄다. 입구에는 '헬게이트'라고 쓰인 플래카드를 걸었고 텐트를 설치했다. 음식도 준비했다. 육개장 사발면과 김치 사발면이 잔뜩 쌓였다. 점점 날이 어두워지자 사람들이 조금씩 캠핑장에 도착했다. 어떤 사람은 보드게임을, 어떤 사람은 만화책을 가져왔다. 주최 측은 추석이라고 민속놀이를 준비했다.

추석 내내 아르바이트를 해야 해서 혼자 서울에 남은 나도 그 캠핑에 참여했다. 말이 좋아 캠핑이지 그건 농성에 가까웠다. 시설이 형편없었단 뜻이다. 대충 설치해놓은 텐트와 조명, 밤새 영화를 보기 위해 설치한 스크린이 다였다. 그래도 흥미로운 프로그램은 많았다. '노오오오력 계란'으로 바위 치기, 네이버 평점 2점 이하 영화 보기, 송편 만들기, 민속놀이, 만화책 읽기, 어릴 적 꿈을 종이에 그려서 발표하고 현재의 내 모습과 비교하기 등등. 아르바이트가 끝난 후 농성장에 도착하자 참가자들은 새로운 프로그램을 진행하고 있었다.

"자, 이제부터 이 폴리스 라인 안에 다들 누워봅시다.

종이를 나눠드릴 건데 여기에 여러분이 왜 죽었는지 쓰
고 가슴에 안고 누워 있어야 해요." 폴리스 라인이라 쓰
인 테이프를 네모난 모양으로 붙여놓은 공간 안에 사람
들이 앉아 있었다. 이걸 왜 하는 것인지 선뜻 이해되지
는 않았다. 하지만 어느새 주최 측이 종이와 펜을 사람
들에게 돌리고 있었다. 눈을 들어 옆을 보니 기자들도
잔뜩 와 있었다. 멋진 말을 써야겠다는 생각이 들었다.
기자들은 분명 청년들이 얼마나 어렵게 살고 있는지 궁
금할 거야. 가급적 슬픈 말을 쓰고 죽은 척을 해야겠다.

내가 쓸 수 있는 말들 중 가장 슬픈 말이 무엇일지 고
민하며 땅바닥에 앉아 있는데, 옆 사람들이 종이에 무
엇인가 휘휘 쓰고 드러눕기 시작했다. "나는 '스웨그가
넘쳐서' 죽었다." "나는 '숨쉬기 귀찮아서' 죽었다." "나
는 '그냥' 죽었다." 이 사람들은 기자들이 뭘 원하는지
하나도 신경 쓰지 않고 자기 멋대로 답을 쓰고 있었다.
고민 끝에 나도 아무 말이나 쓰고 바닥에 드러누워버렸
다. "나는 '아르바이트하기 싫어서' 죽었다." 잉여 같은
젊은이들이 죽은 척하고 있는 모습들을 기자들이 찰칵
찰칵 찍었다.

이후에는 민속놀이 한마당을 했다. 그다음에는 누워
서 만화책을 읽었고, 송편을 만들었다. 아무도 이 행사

의 취지를 잘 알려주지 않았다. 다만 끝내주게 날씨가 좋았다. 엽기 만화가로 유명한 이토 준지가 그린 《소용돌이》를 들고 더러운 땅바닥에 털썩 누웠다. 만화책 건너편으로 파란 하늘에 흰 구름들이 둥둥 떠다니는 게 보였다. 만화책에서는 사람들이 온몸이 배배 꼬여 소용돌이 모양 달팽이가 되고 있는데 만화책 바깥의 하늘은 참으로 평온했다. 누워 있는 내 옆에서 누구는 기타를 치고, 누구는 나처럼 만화책을 읽고, 누구는 육개장 사발면을 먹었다.

　할 일 없이 누워 있는데 그곳에 앉아 있는 청년들이 뭘 하던 사람들인지 문득 기억이 났다. 어느 날인가 그들은 큰 피켓 하나와 포스트잇을 들고 거리에 나왔다. "만일 국가에서 매달 30만 원을 준다면 당신은 무엇을 하겠습니까?" 피켓에는 그렇게 쓰여 있었다. 지나다니는 사람들은 다양한 말들을 쓰고 갔다. '저축', '빚 갚기', '악기 배우기', '맛있는 밥 사먹기', '고시원 탈출하기.' 나는 그들이 캠페인을 하는 것을 보며 속으로 생각했다. 정말 허황되기 짝이 없는 말을 하고 있네!

　잉여로운 사람들과 잉여롭게 하루를 보내다 보니 저녁이 됐다. 사람들은 하나둘 시청 광장 바닥에 걸터앉기 시작했다. 자신의 꿈을 종이에 그리는 프로그램이 준비돼 있었기 때문이다. 사람들은 진지한 표정을 지으며 자신이 어렸을 때 꿈꿨던 장래희망을 그리기 시작했다. 고고학자, 작가, 선생님, 과학자, 대통령……. 다 그린 사람부터 일어나서 하나둘 발표를 했다. "그런데 왜 지금은 고고학자가 못 됐어요?" "돈이 안 될 것 같다고 부모님이 싫어했어요." "저는 공부를 못해서 과학자가 못 됐어요." "어, 사실 저도 그런데요." "하하하, 우린 다 망했네요." 다들 서로를 보고 크게 웃었다. 위로는 없었다. 꿈을 못 이룬 것은 모두가 마찬가지였으니까.

그런 사람들이 기본소득 같은 허황된 꿈을 꾸고 있다는 것이 이상하게 느껴졌다. 길바닥에 누워 있던 사람들이 기본소득 이야기를 할 때만 눈이 반짝이는 것도 이상했다. "가난을 증명하지 않고, 장애를 증명하지 않고, 당신이 누구든 기본소득을 받을 권리가 있습니다." 캠페인을 하던 그들은 마치 다른 사람들이 된 것처럼 소리쳤다. 잉여고, 허황된 소리만 하고, 시답잖은 농담을 하던 사람들. 그런데 이 사람들과 같이 있으면 즐거웠다. 하루 종일 누워서 만화책을 보는 것도, 귀찮은 친척들을 만나는 것 대신 캠핑을 하는 것도, 더러운 땅바닥에서 쪼물딱거리며 송편을 만드는 것도 즐거웠다. 인정하기는 싫었지만 이 사람들과 어울리며 어느 순간 사진 속에서 싱글벙글 웃는 내 모습을 확인하고야 말았다.

　대망의 캠핑 마지막 날, 사람들이 다시 모였다. 추석이라 제사를 지내야 했기 때문이다. 사람들은 진지한 표정으로 편의점에서 제사 음식을 조달해왔다. 생라면과 편의점 미역국, 어제 쪼물딱거리며 만든 송편, 초코파이와 치킨 무, 모기향과 캔 맥주가 제사상에 올라갔다. 나름 조상님들께 바칠 조문도 작성했다. "조상님 올해도 무사히 취업에 실패했습니다." '밥 버거는 그만', '치킨 먹고 싶다', '빚 없이 살고 싶다', '학자금 대출 갚기', '월세 탈출.' 사람들이 편의점 음식이 잔뜩 올라간 제사상에 절을 했다. 우리만의 캠핑은 그렇게 끝이 났다. 나는 감기에 걸린 채로 일하던 편의점으로 돌아가 오들오들 떨며 아르바이트를 했다.

　노 힐링, 노 멘토, 노 퓨쳐. 우리의 슬로건이었다. "다 잘될 거야"라는 말을 서로가 쉽게 던지지 않았다. 노력하면 된다고 말하지도 않았다. 어른들이 말하는 성공의 비결은 우리와 너무 멀었고, 낙관적인 전망은 대부분 사실이 아니었다. 현재의 꿈들은 대통령에서, 고고학자에서, 선생님에서, 과학자에서 점점 멀어졌다. 대신 고시원 탈출, 주말에는 쉴 수 있는 삶, 빚 갚기, 가격을 보지 않고 편의점에서 장보기가 됐다. 자조 섞인 웃음이

가득한 공간들에서 나는 '노오오오력'하면 성공한다는
말이 얼마나 거짓인지 알게 됐다.

우리가 어쩌면 고시원에 살지 않았다면, 주말에 하고
싶은 일을 할 수 있었다면, 음악을 하는 것이 가족에게
민폐가 되지 않았다면, 빚을 지지 않았다면 국회의원과
음악가, 고고학자와 선생님이 돼 만나고 있었을지도 모
른다. 그러나 우리는 불행하게도 그런 세상에서 태어
나지 못했다. 그래서 우리의 노력은 자주 바위에 부딪
혀 퍽 하고 깨져버리는 계란과 같은 신세가 됐다. 혹시
모르지, 누군가는 바위를 눈곱만큼이라도 깼을지. 그런
생각을 하면서 아르바이트를 했다.

5년이 지난 2020년. 그때 지저분한 광장에 누워 있던
사람들 중 몇 명은 기본소득당을 창당했다. "꿈은 없고
요, 좀 쉬고 싶네요"라고 말하던 사람들에게 공동의 꿈
이 만들어졌다. 기본소득을 보고 허황된 이야기라 생각
했던 나도 그 자리에 있었다. 왜 기본소득에 동의하게
됐냐고 묻는다면 아주 많은 이야기를 할 수 있을 것 같
다. 그 이야기들 속에는 우리가 했던 추석 캠핑도 들어
간다.

기본소득 피켓을 만들며 눈을 반짝이던 사람들이 연
단에 서서 자신의 이야기를 시작했다. "우리는 모두 기

본소득을 받을 자격이 있습니다." 성공한 이의 구원, 성공한 이의 조언, 성공한 이의 위로를 듣는 대신 세상의 미래를 우리 손으로 바꾸기로 했다. 고고학자, 과학자, 국회의원이 모두 되지는 못하더라도, 최소한 시작점은 같아야 한다는 자기만의 선언이 시작됐다. 떨리는 말투로 이야기를 이어가는 사람들의 눈이 반짝이기 시작했다.

멋진, 비혼, 할머니

"나랑 결혼할 생각 있어?" 매일같이 나와 함께 살고 싶다고 이야기하는 이가 있었다. 같이 밥을 차리고, 만들어 먹고, 가족을 꾸리면 좋겠다는 이야기를 할 때 그의 표정은 꿈과 희망이 가득 차 있었다. 사귄 지 한 달밖에 안 됐는데 그런 말을 쉽게 하는 그의 모습이 웃기기도 했다. 그러다가 정신을 차려보니 우리가 연애를 시작한 지도 4년이 넘게 흘러 있었다. 어느 날인가 나는 그가 더 이상 결혼이나 동거에 대해 말하지 않는다는 사실을 깨달았다. 그래서 물었다. 아직도 나랑 결혼할 생각이 있냐고. 그는 내 말이 끝나기 무섭게 단 1초도 고민해보지 않고 해맑게 대답했다. "아니!"

괘씸했다. 물론 나도 그와 결혼할 생각은 없었다. 나는 평생 결혼을 안 하고 살기로 결심했으니까. 그렇지만 그렇게 결혼하고 싶어 했던 그가 연애한 지 4년 만에 갑자기 결혼하지 않겠다고 선언한 게 괘씸했다. "왜, 사랑이 식었어?" 내가 묻자 그가 담담하게 대답했다. "돈이 없을 것 같아서."

그 이야기를 듣다가 그와 버스에서 대화를 나눴던 때가 기억났다. 우리가 처음 만났을 때 그는 철학과 대학원생 1학년이었다. 우리는 마침 어디론가 향하고 있어서 바로 앞뒤 자리에 앉아 있었다. 철학과 대학원생을 친구로 둔 적은 처음이라 나는 졸업 후 무엇을 하고 싶은지 그에게 물었다. "철학과 졸업장으로 취업하려면 고대 그리스로 가야 해요. 저는 졸업할 때쯤 되면 고대 그리스로 가는 법이나 알아보려고요." 나는 그의 대답을 듣고 크게 웃었다. 그건 웃기고도 슬픈 이야기였다. "저도 유학동양학과라서 전공 살려서 취직하려면 조선시대로 가야겠네요." 그도 낄낄거리며 웃었다.

나와 그는 각자 대학과 대학원을 졸업한 이후에 조선시대와 고대 그리스에 가지 못했다. 대신 나는 일하는 사람이 고작 나 포함 두 명뿐인 작은 시민 단체의 대표가 됐고 그는 박사 학위를 시작했다. 영어를 공부하던 그는 어느 순간부터 독일어를 공부하기 시작했다. 그 사이 나도 점점 바빠졌기 때문에 우리는 만나서 주로 서로의 일이나 공부를 하는 커플이 됐다. 우리 사이에는 몇 가지 암묵적인 룰도 생겼다. 시민 단체에서 일하는 나에게도, 철학 공부를 하면서 여러 가지 일을 닥치는 대로 하는 그에게도 앞으로의 경제 계획에 대해 물어보지 않는 것이었다. 물어봐도 딱히 답은 없긴 마찬가지여서 그랬다. "뭐 먹고 살 거야?" "음, 유튜브나 해볼까." "그럼 조신한 남자 콘셉트로 하면 잘될 것 같아." "나쁘지 않은 생각이네." 우리는 가끔 만나 서로의 바쁜 일들을 처리하다가 그런 이야기를 했다.

　그가 나와 결혼할 생각이 없다는 사실을 깨달은 날, 친구들을 만났다. 우리는 줄지어서 호프집으로 들어갔다. 사람들이 우글우글 가득 찬 호프집에서 인파를 헤치고 가장자리에 앉았다. 다들 나와 비슷하게 시민 단체에서 일을 하거나 입대를 코앞에 둔 대학생들이었다. 우리는 그 나이 또래들이 다 그렇듯이 서로의 피곤한 일상에 대해 토로했다. "야근은 그만 하고 싶어." "단체에서 계속 일할 수 있을까." "돈을 어떻게 만들 수 있을까. 최소한 먹고살 수 있을 정도로." 우리는 가끔 말하고 가끔 맥주를 마시고 가끔 각자의 생각에 빠졌다.

'직업다운 직업'을 갖지 못한 사람, 대학에 갔지만 학자금 대출과 생활비 대출까지 당겨써서 빚만 잔뜩 얻고 F학점을 받은 사람, 철학과 주제에 고대 그리스에 가지 못한 사람, 재정 계획에 대해 물어볼 때면 낯빛이 어두워지던 사람, 그리고 결혼하고 살고 싶지 않은 우리. 이렇게 살다가 늙으면 누가 우릴 돌봐주지?

"비혼 실버타운을 만들어야겠어." 앉아 있던 친구들의 얼굴을 차근차근 바라보다가 비혼 실버타운에 대한 이야기를 꺼냈다. 결혼하기 싫거나 할 수 없는 이들과 우스갯소리로 나누던 이야기였는데, 이제는 진짜 비혼 실버타운 계획을 조금씩 잡아갈 시간이 된 것 같았다. "이렇게 늙으면 아무도 날 안 돌봐줄 거잖아. 나 돌봐달라고 자식을 낳는 것은 무책임이지만. 그렇지만 진짜 자식도 남편도 없으면 그땐 어떻게 살지? 돈도 없는데 혼자서 잘 사는 할머니가 된 내 모습이 상상이 잘 안 돼. 난 변변찮은 직장도 없을 건데."

두서없이 말들을 쏟아냈다. 말로만 결혼하지 않겠다고 선언하는 것이 아니라 결혼하지 않는 인생을 진심으로 생각해봤을 때 앞이 잘 보이지 않았다. 누군가의 엄마나 아내로 불리는 것이 아니라 나, '신민주'라는 세 글자로 불리는 인생을 쟁취하는 것이 하늘의 별 따기만큼 어려워보였다. 그때 옆 자리에 앉은 친구가 말했다. "나는 지금을 무서워하면 한 발자국도 나아갈 수 없다고 생각하며 살아왔어."

2015년 전 국민이 고3 학생들과 수험생들을 조명하고 있던 수능 날, 그는 천천히 집을 빠져나와 광화문으로 갔다. 졸업을 고작 몇 달 남기고 친구는 광화문에서 입시 거부 기자회견에 당사자로 참여했다. "모두가 탈락하지 않는 사회를 꿈꿀 것이다." 그는 수능을 거부하며 기자회견 말미에 그렇게 말했다.

나는 그의 얼굴을 바라봤다. 그가 누구보다도 불안정한 삶을 견디며 삶을 꾸려왔다는 사실은 이미 알고 있었다. 그렇지만 정말로 화가 났다. 그가 비혼 실버타운 따위는 필요 없다고 말한 것처럼 느껴졌다. 나는 그런 공간이 필요한 사람들이 있다고, 아무도 안 돌보면 누가 그 사람들을 돌봐주냐고, 사회가 우리를 돌봐주지 않을 건데 뭘 기대할 수 있냐고 쏘아붙였다. "누가 우리를 돌봐주겠냐고." 그는 그 말을 듣고 한참 가만히 앉아 있다가 말했다. "맞아. 그건 두려운 것이지." 나는 그 말에 동의하지 않았다.

내가 무섭다는 사실을 인정하기가 싫었다. 미래에 대한 두려움으로 발을 멈추려고 하는 사람이 되기는 싫었다. 나는 그와 투닥투닥 말을 주고받다가 집으로 돌아갔다. 하지만 수많은 사람이 지나가는 지하철역에 도착했을 때쯤, 나는 내가 느끼는 감정이 두려움이라는 사실을 인정할 수밖에 없었다. 텃밭을 가꾸고, 아메리카노를 마시며 소설책을 쓰는 멋진 할머니가 되고 싶었는데, 나는 당장 나에게 다가올 30대가 무서웠다. 모든 친구가 결혼을 해서 나를 떠나가면 어쩌지. 시민 단체 대표 임기가 끝나고 일자리가 없을 몇 개월 후가 무서웠다. 이제 뭘 먹고 살아야 할까. 매일 밤 자리에 누워 눈을 말똥말똥 뜨고 내 자신에게 물었다. "언제까지 이렇게 살 수 있을까." 그 질문에 답해주는 사람은 없었다.

두려움을 넘어 미래로 갈 수 있는 방법은 없는 것일까. 이 세상에 사는 개인들은 여러 이유로 다양한 가족 관계와 삶의 방식을 선택하며 살아간다. 어느 하나 딱 맞는 것은 없지만, 사회에서 통용되는 정답이라는 것은 분명히 있다. 그 바깥의 결정을 내린 이들은 언제나 사회의 보편에서 떨어져 나와 겪게 되는 두려움이라는 것이 있는 듯했다. 정상 궤도 바깥에서 한 걸음 옮겨보는 사람도 있겠지만 끊임없이 흔들리다가 정상 궤도에 재진입하기 위한 여행을 떠나는 사람도 있다. 아쉽지만, 이미 이탈한 사람이 다시 정상 궤도에 진입하는 것은 갑자기 지구가 태양계 바깥으로 질주하는 것만큼 어려운 일인 것 같다.

왜 20대 후반이 되면 취업을 하고, 30대 초반이 되면 결혼을 해 아기를 낳고, 30대 중반에는 일을 그만하고 육아에 전념해야 하는지 아무도 설명해주지 않는다. 그게 너무 당연한 정상 궤도로서의 삶이 돼버렸기 때문이다. 그런데 만약 모두를 서열화하는 입시 교육을 비판하며 대학을 거부했다면? 최저임금이 겨우 넘는 작은 시민 단체에서 미래가 보이지 않는 인생을 산다면? 결혼하지 않기로 마음을 먹었다면? 30대가 넘어서도 철학 공부에 매진한다면? 너무 당연하게 아웃이 외쳐진다. 그건 정상이 아니니까. 천 번을 흔들려야 어른이 된다는 말도 있던데, 이러다가 어른이 되기 전에 뿌리가 뽑혀 이 세상에서 소멸할 것 같다는 생각을 했다.

2020년, 유례없는 전염병이 세상을 뒤덮은 후 미래에 대한 불안감이 모든 연령을 아울렀다. 특히 20대 여성 자살률 증가율이 세대 효과만으로 분석했을 때, 전쟁에 징집되거나 학살을 경험한 타국의 젊은이들과 비슷한 수준이라는 기사를 읽었다.* 사회에서 찾아오는 위기는 모든 사람을 뒤덮었지만, 그중 가장 취약한 계층을 먼저 무너뜨렸다. 현실의 고통 속에서 미래가 보이지 않을 때 많은 이가 우울함에 시달렸다. 한 학자는 가족중심적으로만 이뤄지는 정책들이 오히려 20대 여성에게 박탈감을 안겨주기 때문에 좋지 않다고 했다.

나는 그 기사를 읽으며 우울증으로 신경정신과 약을 복용하는 내 삶에 대해 고민했고, 병원 어딘가에 누워서 생사를 오갔던 친구들의 상황을 생각할 수밖에 없었다. 내 가족들이 모르는 내 고통들, 사람들의 우울감들. 누군가는 그 모든 것이 몹시 비정상적이라 말할지도 모르겠다.

우리 사회가 조금 더 관대했다면 어땠을까. 천 번을 흔들려서 된 어른이 정상 궤도에 진입하기 위해 아등바등하는 미래의 내 모습이 아니기를 간절히 바랐다. 다양한 삶의 선택지를 부정하지 않는 방식으로, 그리고 그 선택지들을 긍정하며 살아갈 수 있는 힘을 사회가 줄 수 있으면 더 좋을 것 같았다. 우선 "왜?"라는 질문

---

* 〈'조용한 학살', 20대 여성들은 왜 점점 더 많이 목숨을 끊나〉, 《한겨레》, 2020.11.13.

지가 좀 줄어드는 게 필요할 것이다. 왜 대학에 가지 않았는지, 왜 취업을 하지 않았는지, 왜 고대 그리스로 가지 못했는지 묻지 않는 세상. 무엇을 선택했든 그것을 실현하기 위한 경제적 뒷받침을 모두가 당연히 누릴 수 있다면 '정상적인 삶' 바깥의 인생도 조금은 괜찮을지 모른다.

누군가의 처지를 쉴 새 없이 물어보는 세상보다는 그것을 묻지 않는 쪽이 우리의 삶에 더 좋을 것이다. 본인의 인생은 본인이 가장 잘 선택할 수 있으니까. 40년 후쯤, 내가 기본소득을 받으며 비혼 실버타운에 사는 멋진 할머니가 됐기를 바란다.

기본소득은 완전고용의 낙원을 상실한 이후 무직업 무노동에 대해 보상하는 변변찮은 위로금이 아니다. 정반대로, 기본소득은 더 많은 자동화와 더 많은 자유시간, 더 많은 다층적인 활동을 촉진하는 사회적 전환의 수단이며, 희소성의 경제를 넘어 풍요의 경제로 나아가는 이행의 경로이다.

– 금민, 《모두의 몫을 모두에게》

3부

모두에게, 조건 없이

이방인이 당신의 문을 두드릴 때

모든 것을 버리고 집을 떠난 이들을 뉴스 기사에서 만났다. 그들은 제주도 위에 막 상륙한 상태였다. 대한적십자사의 의료 지원을 받기 위해 긴 줄을 서 있던 사람들은 한눈에 보기에도 이국적인 외모를 가지고 있었다. 어떤 사람은 고개를 푹 숙이고 땅을 바라보고 있었고, 어떤 사람은 고개를 들어 이리저리 주변의 동태를 살피고 있었다. 그들은 아마 한국의 분위기가 심상치 않다는 것쯤은 알고 있었을 것이다. 그들의 입국을 환영하지 않는 이들이 올린 국민 청원이 단 며칠 만에 18만 명을 돌파하고 있었다. "나는 대한민국 국민입니다", "국민이 먼저다", "국민은 안전을 원합니다" 같은 피켓을 든 사람들이 시위를 벌이기도 했다. 그때 그 피켓을 본 이방인들은 무슨 생각을 했을까. 사람들은 그들을 '예멘 난민'이라 불렀다.

예멘에서 어떤 일이 일어나고 있는지는 나중에 알았다. 예멘에서 매일같이 일어나는 내전은 '잊힌 전쟁'이라 불릴 만큼 세상의 관심을 받지 못했다. 사실 그 내전은 어느 순간부터는 내전이라 불릴 수 있을 만한 성질인지 모호해지기도 했다. 이란과 사우디아라비아, 아랍에미리트가 내전을 지원했다. 그리고 대한민국은 무기를 팔았다. 여러 나라가 내전을 지원했기 때문에 다국적 무기들이 예멘 땅에 떨어졌다. 길거리에도, 집 위에도, 심지어 예식장에도 폭탄이 떨어졌다.

예식장에 폭탄이 떨어져서 엉엉 울고 있던 예멘 사람들의 모습을 동영상으로 보며, 나는 그곳에 떨어진 게 한국이 아랍에미리트에 팔아넘긴 폭탄이 아닐지 생각했다. 사망한 사람들의 25퍼센트는 어린이였다. 콜레라도, 기근도, 굶주림도 일어났다. 겨우 살아남은 사람들은 징집이 돼 전쟁의 한복판에 서야 했고, 그러고 싶지 않은 사람들은 목숨을 담보로 길을 나섰다. 마침내 그들이 집을 떠났을 때, 그들이 가지고 있었던 것은 자신들의 목숨 정도밖에 없었다.

우리나라의 난민 인정률은 1퍼센트도 되지 않는다. 2020년 1월부터 8월까지 난민 심사를 받은 4019명 중 41명만 난민으로 인정됐다.* 난민들은 낯선 타향에서 또 다른 낯선 타향으로 향했다. 형편없는 통역, 난민들에 대한 보수적인 관점, 차별과 낙인, 심사 때마다 내야하는 심사비 속에서 그들은 자신들이 집을 떠났다는 사실을 느꼈을 것이다.

한국의 미디어와 정치권은 끊임없이 난민들에 대해이야기해댔다. 우호적인 이야기는 별로 없었다. '가짜 난민'이라는 용어가 널리 사용됐다. 나는 그 말을 하는 사람들이 우리나라의 난민 인정률이 1퍼센트도 되지않는다는 사실을 아는지 궁금했다. 그 시기쯤, 난민들이 성폭력을 저지른다는 소문이 대한민국을 떠돌았다. 난민들이 집단 강간을 하고 있다는 게시물이 SNS에서빠르게 확산됐다. 사람들의 눈빛 속에서는 두려움이 호기심과 반가움보다 빨리 퍼졌다. 페미니스트들이 난민들을 반대하고 있다는 말 따위가 퍼졌다. 이 모든 것이혼란스러웠다.

———

* 〈난민 신청자는 꾸준히 느는데…난민 인정률은 여전히 '1%'〉,《시사저널》, 2020.11.02.

그때쯤 공책에다가 내 의문들을 적어넣기 시작했다. 왜 우리는 호기심과 반가움보다 두려움에 익숙해졌는가. 왜 언론은 페미니스트들과 난민들이 대립하고 있다고 보도하는가. 우리는 정말 안전한가. 그들은 정말 위험한가. 그들은 왜 집을 떠났는가.

난민들만 없으면 세상이 평화로워질 것처럼 말하는 사람들의 목소리가 들렸다. 그런데 내가 본 대한민국은 딴판이었다. 네이버 검색창에 '성폭력'이라고 치고 최근 기사를 클릭하면 하루에도 수십 개씩 사건들이 쏟아져 나오는 나라였다. 미투 운동 이후에도 일상이 바뀌지 않았다는 좌절감과 분노가 내 마음 전체를 휩쓸었다. 디지털 성범죄 근절이라는 상식적인 요구들을 외치기 위해 3만 명이 넘는 여성이 시위를 벌이기도 했다. 민주주의와 인권의 가치들이 이성의 상징이 된 이 사회에서도 남성은 여성을 때렸다. 21세기에도 '성폭력 반대' 따위의 말들을 주장하며 하루를 버텨야 했다.

대한민국은 한 번도 나에게 완전히 안전한 곳이 아니었다. 전쟁이 일어나지는 않았지만, 누군가는 전쟁 같은 삶을 살고 있다고 자주 말했던 땅이었다. 불안전한 삶을 영위하는 사람들은 이방인을 마주하자마자 겁을 먹었다. 아무도 지켜주지 않는다는 감각은 사람을 움츠

러들게 만드는 법이니까. 이 모든 것은 이방인의 잘못도, 여성의 잘못도 아니었다. 그저 우리가 국가에서도, 집에서도 안전을 보장받지 못한 탓이었다.

공책의 글은 또 다른 질문들로 이어졌다. 우리는 과연 하나인가? 우리는 과연 '모두' 속에 포함되는 사람일까? 그렇다면 왜 아직 평등은 도래하지 않았나? 성폭력 문제는 왜 선거 때만 잠깐 조명됐다가 잊힐까? 우리는 낯선 사람들과 두려움 없이 서로 연결될 수 없는 것일까? 그러다가 마지막 문장을 적었다. "그럼에도, 우리는 모두 집을 떠난다."

2020년, 코로나19라는 전염병이 창궐했을 때, 국가는 모든 국민에게 재난 지원금을 나눠줬다. 무엇인가를 선별하지 않고, 조건을 묻지 않으며 돈을 나눠준 것은 처음이라 처음엔 어리둥절하기까지 했다. 그러나 몇 사람 되지도 않는 예멘 난민 인정자들은 재난 지원금을 받지 못했다. 〈난민법〉제31조에 난민으로 인정된 외국인은 대한민국 국민과 같은 수준의 사회보장을 받는다고 명시돼 있음에도 예외적으로 재난 지원금이 난민들에게 지급되지 않았다. 그들은 집을 떠났기 때문에, 생명만을 담보로 모든 것을 버렸기 때문에 재난에서도 소외됐다.

난민들뿐만이 아니었다. 세대주에게만 재난 지원금이 지급됐기 때문에 세대주로 등록되지 못한 수많은 여성이 재난 지원금을 받지 못했다. 20대 여성의 자살률 증가율이 학살과 전쟁을 경험한 사람들의 자살률 증가율만큼 높아졌던 시기였다.

누군가를 '모두' 속에 넣을 것인지를 선택하는 것은 정치적인 일이라는 사실을 몸소 느꼈다. 세대주가 아닌 여성들은 '모두'가 되지 못했고, 난민들도 '모두'에 포함되지 못했다. 결혼하지 않은 이주 여성들도 지자체에서 지급하는 재난 지원금에서 '예외적으로' 소외됐다. 난민 인권을 지지하는 단체들과 이주 여성 단체들은 재난 지원금 지급을 주장하며 기자회견을 열었다. 그들은 "코로나는 외국인을 구별하지 않는다"라는 피켓을 들었다.

나는 그 외침이 단지 '돈' 문제가 아니라 '인정'의 문제에 가깝다고 생각했다. 재난 지원금은 결혼 이주 여성이나 주민등록표에 기재된 외국인이 아닌 이들과 세대주가 아닌 여성에게는 지급되지 않았고, 이는 많은 논란을 일으켰다. 누구를 '모두'라 인정할 것인가, 국가 공동체는 누구의 인권까지 보장할 것인가, 누가 자격이 있는가. 그건 한국 사회에서 이때까지 익숙지 않은 질문들이었다. 그래서 필연적으로 지금 시기의 질문들이

'모두'의 범위를 넓혀나갈 것을 믿는다.

　기본소득은 모두에게 조건 없이, 개별적이고, 정기적으로, 지급되는 소득이다. 가구 대상으로 한시적으로 지급됐다는 측면에서 재난 지원금을 기본소득이라 말하기는 어렵지만, 최초로 모두를 대상으로 (실제로는 사각지대가 발생하긴 했지만, 어느 정도 모두를 지향하고 있다는 점에서) 소득이나 노동 여부와 상관없이 지급됐다는 측면에서 기본소득과 매우 가까운 제도라고 볼 수 있다.

　우리에게 익숙한 "누가 자격이 있습니까?"라는 질문에 기본소득은 언제나 "모두가 자격이 있습니다"라고 대답했다. 그러나 이 대답은 "누가 '모두'입니까?"라는 필연적인 질문을 불러왔다. "결혼하지 않은 여성은, 난민은, 결혼 이주민은, 홈리스는, 자발적 실업자는, 장애인은 '모두'입니까?" 사람들은 끊임없이 질문을 늘어놓을 것이다. 그때마다 우리는 인간다운 삶을 보장받아야 하는 '모두'의 범위를 넓힐 것인지, 아니면 좁힐 것인지에 대한 선택의 기로에 설 것이다.

　항상 어느 공간에서는 이방인일 수밖에 없는 우리들은, 모두 언젠가 집을 떠난다. 이질적인 존재들과의 만남은 우리의 세계를 조금씩 확장해나가고 있다. 한국 내부의 사람들이 모두 동질적이라는 믿음은 이제는 통

하지 않는다. 안전을 보장받기 어려운 세상, 이질적인
존재들과의 조우가 끊임없이 이뤄지는 세상에서 우리
가 안전하게 만날 수 있는 방안들을 고민해야 할 때다.
서로에 대한 인정을 기반으로 모두가 자격을 가질 수
있는 사회로 우리가 향할 수 있기를 바란다.

여학생을 위한 _____은 없다

200명이 넘는 청소년들이 모였다. 교복을 입고 온 사람도 있었고, 입지 않은 사람도 있었다. 11월 3일, 학생의 날이었다. 무대에는 "여학생을 위한 학교는 없다"라고 크게 쓰여 있었다. 한 번도 교탁 앞에 설 수 없던 이들을 위해 우리는 커다란 교탁을 무대 한복판에 세웠다. 겨울이 시작되는 시기였는데도 거짓말처럼 햇빛이 쏟아졌다. 아름다운 날씨와 다르게 무엇인가를 고발하기로 마음먹은 사람들이 초조하고 조금은 상기된 표정으로 시멘트 바닥 위에 털썩 주저앉아 있었다. 여학생들이 교탁 앞에 섰을 때, 마침내 모든 것이 시작됐다.

그 이야기는 몇몇의 이야기였지만, 동시에 모두의 이

야기이기도 했다. 긴 시간 반복됐던 일이기 때문이다. 누군가는 이야기를 하며 울먹였고, 누군가는 거친 분노를 터트렸다. 언론은 그날 여학생들이 했던 이야기를 '스쿨 미투 고발'이라고 크게 보도했다. 우리는 함께 〈스승의 은혜〉를 개사한 노래를 부르며 행진을 했다. "스승의 성희롱 너무 많아서"로 시작되는 노래가 거리를 온통 채웠다. 행진 때 우리가 든 플래카드에는 "친구야 울지 마라, 우리는 끝까지 함께할 것이다"라는 말이 쓰여 있었다. 그 행사를 준비하고 발로 뛰었던 내 친구 지혜는 발언대 위에서 "말하기의 힘을 믿는다"라고 말했다. 정말 그랬다. 나는 그 행사에서 처음으로 말하기가 바꿀 수 있는 것들을 보았다.

"여학생을 위한 학교는 없다." 스쿨 미투 집회는 전국으로 확산됐다. 대구에서도, 충남에서도, 인천에서도 스쿨 미투 집회가 일어났다. 9시 뉴스 헤드라인에 여학생들과 지혜가 출연했고, 서울시 교육감이 집회를 언급하며 스쿨 미투에 대해 말했다. 스쿨 미투 고발이 학교 담장을 넘고 세계로 뻗어나가는 데는 오래 걸리지 않았다. 지혜와 스쿨 미투 당사자는 유엔 아동권리위원회 회의에 초청됐다. 유엔 공식 회의에서 한국의 스쿨 미투가 안건으로 채택됐기 때문이다. 바다 건너 제네바로

간 이들은 한국의 스쿨 미투 상황을 고발하고 한국 정부에 대한 유엔 권고안을 따냈다. 권고안에는 "교사를 포함해 모든 성범죄자가 강요의 증거 유무와 상관없이 기소되고, 적절한 제재를 받도록 하며, 성범죄자에 대한 처벌이 국제 기준에 부합하도록 해야 한다"라는 말이 적혔다. 2020년 2월, 우리는 더 많은 것을 바꾸기 위해 대한민국 정부의 책임 있는 태도를 촉구하는 2차 집회를 열었다.

그러나 변화는 느리기만 했다. 스쿨 미투 고발로 잠시 학교를 떠났던 가해 교사들이 다시 학교로 돌아온 것이다. 어렵게 재판에 세웠던 교사들은 불기소 처분이 됐다. 가해 교사들은 학교 내에서 아주 작은 징계를 받는 것으로 처분이 끝났다. 심지어 애초에 소를 제기했던 여학생들에게는 가해 교사들이 다시 학교에 복귀했다는 사실이 안내조차 되지 않았다. 여학생이었던 사람들은 졸업생이 돼 싸움을 이어나갔다.

스쿨 미투를 경유하며 만난 청소년 동료들을 보며 나는 스쿨 미투가 비단 학교의 일만이 아니라는 사실을 알게 됐다. 스쿨 미투 고발을 한 청소년들은 학교뿐만 아니라 집에서도 압박을 받는 경우가 많았다. 그냥 몇 년만 참으면, 일을 크게 만들지 않으면, 그런 활동을 하지 않으면 괜찮을 것이라 말하는 부모들이 많았기 때문이다. "다 너를 사랑해서 하는 말이야." 많은 사람이 청소년들에게 폭력을 휘두르며 사랑이라는 말을 입에 올렸다.

그러나 그것은 사랑도, 보호도 아니었다. 그것은 때로는 사랑이라는 말로 감싸인 통제였고, 폭력이었다. 자녀가 부모에게 저항할 때마다 부모는 용돈을 주지 않거나 휴대폰을 감췄고, 더 심각하게는 폭언을 하거나 때렸다. 사회의 많은 이가 청소년들을 '그래도 되는 존재'로 치부하기 일쑤였다. 때려도 되는 존재, 통제해도 되는 존재, 사랑이라는 말로 괴롭혀도 되는 존재. 그들이 가진 권리가 몇 없었기 때문이다.

청소년들은 부동산 계약을 할 수도 없고, 대부분 선거권이 없었으며, 성에 대한 권리를 주장하는 것도 금기시됐다. 특히 여성 청소년들은 더 그랬다. 그들은 피해자가 될 수는 있었지만, 자신의 의지에 따라 성적인 행위(그것이 연애든 성관계든)를 하는 것은 금지됐다. 'N번방 사건'에서 여성 청소년들은 일탈계*를 만들어 피해

---

* 트위터 계정의 종류. 자신의 신체를 찍어서 업로드하거나 조건 만남을 찾는 계정.

자가 됐다.

비슷한 나이의 남성 청소년들 중 일부가 가해자가 됐다는 사실을 생각할 때면 사회에서 성별 권력이 얼마나 공고한지 알 수 있었다. 피해자들은 성적인 행위가 '일탈'의 영역에서만 허용됐기 때문에 도리어 어떤 보호도 받을 수 없었다. "하지 마"라는 통제가 강해질수록 모든 일은 '몰래' 해야 하는 일이 됐기 때문이다.

'N번방 사건'에서 청소년들의 입을 막았던 가장 악질적인 협박은 "부모에게 알리겠다"라는 말이었다. 그 말 때문에 청소년들은 어떤 누구에게도 피해를 알리지 못한 채 피해자가 됐다. 이들이 충분한 법적·사회적·경제적·성적 권리를 가지고 있었다면 어땠을까.

이 모든 것의 주어를 '청소년'이 아니라 '비청소년' 혹은 '성인'이라고 바꿔보면 몹시 이상한 일임에도 불구하고 모두가 "청소년이라서 어쩔 수 없다"라고 말했다. 청소년들은 '자라나는 새싹', '미래의 정치 세력' 같은 말로 칭찬을 받았으나 정작 이들의 현재에 대해 말을 하는 사람은 적었다. 내 주변의 많은 여성 청소년이 스쿨미투를 경유하는 말하기를 통해 자신들이 박탈당한 것들에 대해 점점 더 많이 알게 됐다. 그중 몇몇은 집과 학교를 떠났다. 그 속에는 유경도 있었다.

유경은 너무 많은 것을 알게 돼버려서 더 이상 집에서 살 수 없었다. 그가 처음 살게 된 곳은 어느 청소년 단체의 사무실이었다. 집에서 살 수 없는 청소년들이 많아서 그 단체의 사무실은 가정집과 비슷한 형태로 만들어져 있었다. 가출 청소년들을 위한 쉼터가 존재했지만 유경은 쉼터에 들어가고 싶은 생각이 없었던 것 같다. 휴대폰을 빼앗고 통금 시간이 있으며 적절한 자립 지원이 없는 쉼터는 유경이 바라는 탈가정 이후의 집이 아니었을 것이다.

그가 부모와의 기나긴 협상 끝에 원룸을 구하고 언젠가의 자신처럼 갈 곳이 없어진 스트리트 출신 고양이 두 마리를 키울 때까지는 긴 시간이 흘렀다. 마침내 그가 새로운 거처를 마련했을 때, 나와 친구들은 그의 독립과 탈가정을 축하하며 멋진 집들이를 했다. 식탁에는 곧 유경이 분주하게 움직이며 만든 월남 쌈과 주꾸미 볶음이 올라왔다. 우리는 책상 위로 올라와 끊임없이 음식을 탐하는 고양이들을 바닥으로 내려놓으며 음식을 먹었다. 잘 정돈된 집, 고양이 두 마리, 맛있는 음식. 그는 사람들이 결코 상상하지 못한 '잘 자립한 탈가정 청소년'처럼 보였다.

"혼자 살면서 기본소득이 필요하다고 생각해본 적

은 없어요?" 집들이가 가물가물해질 때쯤, 내가 유경에게 물었다. 책을 쓰기 시작한 나는 유경이 스쿨 미투 무대에 오르고, 청소년 페미니스트 네트워크 위티에서 활동을 시작하고, 집을 나오기까지의 과정 속에서 기본소득을 고민해봤는지 무척 궁금했다. 유경은 잠깐 생각한후 답했다.

"집이 1년 계약이거든요. 솔직히 벌써 '1년 후에 어떡하지?'라는 생각을 해요. 1년 후에 제가 살 수 있는 집을 다시 구할 수 있을까요? 그리고 집을 나오긴 했지만 아빠랑 집에 살았을 때만큼 많이 싸울 때도 기본소득에 대해 생각해본 적 있어요. 대부분 돈 때문에 아빠랑 싸워요. 저는 돈이 없는데 손 벌릴 일이 많아지고, 수입은 또 적으니까요. 수틀리면 아빠는 매번 '네 돈으로 먹고살아!'라고 말하는데 그게 그렇게 쉬운가요. 그때 기본소득이 있으면 좋겠다는 생각은 해봤죠. 청소년은 경제권이 없으니까요."

그 이야기를 들으며 유경의 자립이 내가 생각한 것과 달리 아직 끝나지 않았다는 생각을 했다. 그런데 그 생각이 끝이 나자마자 도대체 청소년들의 자립이 무엇인지 헷갈리기도 했다. 사회가 흔히 말하는 '가출 청소년'은 '자립한 청소년'일까? 부모와 연락을 끊은 채 어떤 것도 보장되지 않는 공간으로 간 것은 '자립'한 것일까? 학교를 그만두면, 집을 나오면, 부모와의 인연을 끊으면 '자립'한 것일까? 유경은 더 나은 '자립'을 꿈꿀 수 없는 것일까. 그런 생각들이 꼬리를 물고 이어졌다.

다양한 이유로 집을 나온 청소년들을 부르는 말이 '가출 청소년'밖에 없다는 것은 사회적 불행이다. 한 해 27만 명의 가출 청소년이 있지만 이들은 언제나 교화의 대상이거나, 다시 집으로 돌려보내야 하는 대상, 혹은 쉼터에 수용해야 하는 대상으로만 여겨진다. 이유는 다양하겠지만 결국 집을 나와야 했던 청소년들은, 그래서 그 자체로 인정받지 못했다. 청소년들을 보호해야 한다고 말하지만 집을 나온 청소년들은 어느 순간인가 자신들이 눈엣가시가 돼버린 기분이 들었다. 안전하게 살 곳과 경제권이 보장돼야 하는 존재로도, 원하는 사람과 살 수 있도록 도움을 줘야 하는 존재로도 인정받지 못하는 가출 청소년들은 더 취약한 계층이 될 수밖에 없다.

미국과 영국에서는 이미 우리나라에서 가출 청소년이라고 불리는 이들을 홈리스로 인정하고 있다. 미국과 영국은 이들에게 시설 보호만을 권고하거나, 원가정으로 복귀시키려는 노력 대신 주거를 제공하고 자립할 수 있는 다양한 교육 프로그램과 자원을 지급한다. 탈가정 청소년들을 그 자체로 인정하기 위해 노력하는 것이다. 원가정으로 돌아가지 않고 싶다는 마음을 인정받고, 원하는 사람과 살고, 경제적인 보조가 있으며, 보호라는 이름의 통제가 아니라 자신의 삶을 스스로 꾸려나갈 수 있는 기반 위에서의 생활. 쉼터와 원가정으로의 복귀만을 외치는 사회에서 필요한 것들은 이런 것이다.

단지 탈가정 청소년들에게만 해당되는 것은 아니다. 모든 인간이 그러하듯 모든 청소년은 폭력과 학대로부터 자유로워야 한다. 자유롭게 사랑하고 자유롭게 이별할 수 있어야 한다. '피해자'라서 사회적 보조를 받아야 하는 것이 아니라 '국민'이기에 사회적 보조를 받아야 한다. 법과 제도적 권리를 보장받고, 통제가 아닌 제대로 된 보호를 받을 수 있어야 한다. 이 모든 내용 중 하나는 그가 충분한 경제력을 가지는 것이기도 하다. 가족 단위로 지급되는 것도, 연령에 대한 제한이 있는 것도 아닌 기본소득이 청소년 인권을 주장하는 이들 사이에서 자주 논의되는 것은 이 때문이다. 최소한의 경제력이 있다면 청소년들은 그들을 둘러싼 많은 부조리한 것들에 대해 거부할 수 있다. "말을 듣지 않으면 돈을 주지 않을 거야"라는 협박으로부터. 청소년들의 자립은 이런 환경 위에서 시작할 수 있다.

지금 생각해보면 집회의 이름으로 내걸었던 것은 "여학생을 위한 학교는 없다"였지만 우리는 그보다 많은 것을 말하고 싶었던 것 같다. "여학생을 위한 ＿＿은 없다"라는 문장의 빈 칸에 들어갈 수 있는 것은 학교이기도, 집이기도, 사회이기도 했다. 스쿨 미투를 경유하며 내가 알게 된 것은 바로 그것이었다. 우리는 '여학생을 위한 학교'도 필요하지만 '여학생을 위한 사회'도 필요하다.

마스크 뒤에 사람 있어요

'삐, 삐, 삐.' 지하철 안에 빼곡하게 서 있던 사람들이 일제히 휴대폰을 들여다봤다. "'은평구청' 금일 코로나 19 확진자 1명 추가 발생. 자가 격리 중 확진. 격리 병원 이송. 잠시 멈춤 거리두기에 동참 부탁합니다." 문자를 확인한 사람들이 별 표정 없이 고개를 다시 숙였다. 며칠 전에는 흰옷을 입은 사람들이 집 주변을 잔뜩 돌아다녔다. 집 바로 근처에 확진자가 생겼다는 소문이 돌았다. 흰옷을 입은 사람들은 확진자를 데리고 차를 타고 떠났다. 곧 확진자가 다녀간 병원도, 편의점도, 약국도, 대형 마트도 문을 닫았다. 자주 가던 불광역 근처의 혁신 파크는 일정 인원 외에 출입이 통제됐다. 맘카페에는 확진자의 동선을 모은 자료가 떠돌고 있었다.

거리에도 사람이 별로 없었다. 은평구 핫 플레이스 연신내에 밥을 먹으러 갔는데 거리가 텅텅 비어 있었다. "진짜 손님이 없나 봐." 식당 안에는 나와 친구가 전부였다. 내 맞은편에 놓인 텔레비전에선 기자가 확진자 발생 추이에 대해 브리핑을 하고 있었다. "이곳은 홍대 거리입니다. 토요일 오후인데도 매우 한산한 것을 보실 수 있습니다."

언제쯤 끝이 날까. 그 질문에 어떤 사람도 대답하지 못했다. "우리는 마스크를 안 쓴 세상에서 살 수 있을까?" 내 물음에 밥알을 젓가락으로 굴리던 친구가 대답했다. "영원히 그러지 못할 수도 있겠지." 홍수로 모든 것이 쓸려가고, 난데없는 전염병으로 사람들이 죽고, 누구도 집 밖으로 나오지 않았다. 이 모든 것이 영화에서나 보던 지구 멸망 징후처럼 느껴질 지경이었다.

코로나19 확진자가 늘어나며 사람들이 죄다 비슷한 모습으로 바뀌고 있었다. 하나같이 마스크를 쓰고, 하나같이 재난 문자가 울리는 휴대폰을 쥐고, 하나같이 겁에 질려서 모두가 서로를 노려보고 있었다. 저 사람이 확진자일 수도 있어. 내 옆에 앉은 사람이 확진자일 수도 있어. 역시 동성애자가 문제야. 중국인이 문제야.

종교인들이 문제야. 아니, 마스크를 안 쓴 저 사람이 문제야. 입밖에 보이지 않는 사람들이 마스크 속에서 그 이야기를 하는 것처럼 느껴졌다.

초등학교도, 유치원도 닫았지만 회사는 닫지 않았다. 서로를 의심하느라 이글이글 타오르는 눈을 하고서도 사람들은 겁에 질려 출근을 해야 했다. 그동안 마스크가 허용되지 않는 공간들에서 코로나19 확진자가 대거 발생했다는 소식들이 들렸다. 폐쇄 병동, 콜센터, 로켓배송을 해주던 쇼핑몰. 모두가 얼굴을 가리고 있었지만 그 사람들은 얼굴을 가릴 수 없었다. 평방 1미터 남짓의 다닥다닥 붙은 사무실에서 콜센터 노동자들은 전화를 하느라 코로나19에 걸렸고, 공장에서는 비용을 아끼느라 방역 용품을 제대로 지급하지 않았다. 얼굴을 가릴 수 없어서 그 사람들은 코로나19에 걸렸다. 어떤 사람은 아픈 와중에도 출근했다고 고백했다. "연차가 없으면 무급으로 쉬어야 했어요. 자가 격리될까 쉬는 걸 꺼리게 되는 것은 당연했죠."

밥벌이는 누군가를 실제로 죽이고 있는 바이러스보다 강했다. 돈은 벌어야 하니까. 죽지는 않을 테니까. 그 말은 누군가 일을 하다가 매일매일 죽고 있다는 사실을 은폐했다. 코로나19 때문만은 아니었다. 하루 평균 일곱 명의 노동자들이 산업 재해로 영원히 집으로 돌아가지 못했다.* 코로나19는 그 현상을 가중시켰을 뿐이다. 설상가상으로 코로나19 이후에는 또 다른 바이러스가 올지도 몰랐다. 신종 플루, 메르스, 그 다음엔 코로나19. 우리는 아마 코로나19 이전의 시간으로 돌아갈 수 없을 것이다. 시간이 지나며 그 자명한 사실을 조금씩 받아들이기 시작했다. 그러나 머릿속의 질문은 사라지지 않았다. 그러면, 우린, 어떻게, 살아가지?

코로나19는 국경도, 종교도, 인종도, 성별도 상관없이 깊숙이 우리의 삶에 침투했다. 특히 얹혀살아야 하는 사람들에게 코로나19는 가혹했다. 무료 급식소가 문을 닫았다. 감염에 취약할 수 있다는 이유였다. 사람들은 굶은 채로 거리를 떠돌았다. 어느 날 임시적으로 무료 급식소가 열었을 때, 수많은 사람이 그곳으로 달려갔다. "3일 만에 음식을 먹어봐요." 도시락을 허겁지겁 먹던 이가 그렇게 말했다. "배고프다. 코로나라도 먹고 싶다." 어떤 홈리스는 그렇게 말했다. 사회복지시설이 문을 닫자 엄마들이 발달 장애인 자녀들과 함께 목숨을

---

* 〈"다녀올게" 오늘도 집으로 돌아오지 못한 사람들···"중대재해기업처벌법만이 해답입니다"〉, 《경향신문》, 2020.11.18.

끊었다. "지켜주지 못해서 미안해!" 살아남은 자들이 검은 옷을 입고 광화문에서 통곡했다.

여자들이 직장에서 해고되기 시작했다. 특히 남을 돌보고 무엇인가를 가꾸던 사람들이 많이 해고됐다. 2020년 4월, 전년도에 비해 여성 노동자는 29만 명이 감소했지만 남성 취업자는 18만 명 감소했다.* 사람들이 비교적 덜 주목하는 짧은 기사들을 읽을 때면 마음 한편에서 무언가 무너지는 것이 느껴졌다.

사회복지시설, 유치원, 초등학교, 중학교가 문을 닫고, 누군가를 돌보는 일을 하던 사람들이 실직하자마자 엄청난 일들이 일어나기 시작했다. 돌봄이 멈춘 이후 모든 돌봄이 가족 안의 여자들의 몫이 된 것이다. 사회에서 남들을 돌보던 여자들은 이제 집에서 가족을 돌봐야 했다. 그렇지만 턱없이 모자랐다. 이 모든 일의 처음에, 사람들은 돌봄이라는 것이 '돌보는 사람'과 '돌봄이 필요한 사람'만의 문제인 줄 알았다. 그러나 시간이 지나며 그 관계는 고정된 것이 아니라 언제든 바뀔 수 있다는 것을 알게 되었다.

———

* 〈여성·저학력… 코로나는 약한 고리 일자리부터 앗아갔다〉, 《조선비즈》, 2020.05.13.

남을 돌봐주던 이들이, 혹은 나는 돌봄이 필요 없다고 여긴 이들이 어느 순간 가장 돌봄이 필요하기도 했다. 회사에서 해고됐기 때문에, 사업이 망했기 때문에, 하루아침에 코로나19 환자가 됐기 때문에, 돈이 없었기 때문에, 누구도 만날 수 없어 외로워졌기 때문에, 당연하게 여기던 모든 공공시설이 문을 닫았기 때문에. 사람들은 조금씩 그 사실을 알게 됐다. 자신들만은 아주 예외적으로 아프고, 예외적으로 일자리를 잃고, 예외적으로 돈이 없고, 예외적으로 일을 못 할 줄 알았는데 코로나19는 '예외적으로'라는 말을 '하루아침에'라는 말로 모두 바꿔버렸다. 위기의 시간에 누군가 내미는 손은 더욱 간절해졌지만, 모순적이게도 위기의 순간 손을 내미는 것이 가장 어려워졌다. 우리는 본래 모두 '얹혀 사는 사람들'이었다는 사실을, 우리는 본래 모두 남을 돌보는 존재들이어야 했다는 사실을 그제야 조금씩 깨닫기 시작했다.

코로나19가 끝나지 않는 세상. 우리는 다시 처음부터 남을 돌보는 법을 배워야 한다. 그 과정은 필연적으로 잘 의존할 수 있는 사회를 만드는 것과 연결된다. 잘 의존할 수 있는 사회의 시작은 위기 때 도움받을 수 있는 자격을 묻지 않는 것에서부터 시작돼야 한다. 가난해야

만, 가족이 있어야만, 세대주여야만 도움받을 수 있는 것은 아니니까. 일단 모두가 잠시 멈추고 상상부터 해봤으면 좋겠다. 모두가 덜 일하고 더 쉴 수 있어서 남을 돌볼 여유가 생긴다면, 가족 바깥에서도 안에서도 존엄한 사람이 될 수 있다면, 돌보는 사람과 가꾸는 사람이 천대받지 않는다면 어떨까.

대규모 시설만이 돌봄의 모델이 아니라 작은 소그룹으로도 남을 돌볼 수 있는 세상을 우리 손으로 만들 수 있다면. 여자만 돌보는 일을 전담하지 않아도 된다면. 이 세상에 필연적으로 얽혀살 수밖에 없는 우리들이 언택트Untact 사회에서 잠시 멈춤과 서로 돌봄의 방법을 찾을 수 있기를 바란다.

네가 누구든, 얼마나 외롭든

출근을 하지 않을 작정이었기 때문에 전날 밤에 휴대폰으로 여러 가지 동영상을 보다 새벽 2시나 돼 잠에 들었다. 그런데도 아침 7시면 눈이 떠졌다. 어느샌가 출근에 단련된 몸을 가지게 된 것 같았다. 아침에 일찍 일어날 필요도 없고, 모처럼 출근하지 않은 평일에 부지런하기 싫어서 억지로 눈을 감고 잠을 더 청했다.

발가락을 꼼지락거리면서 다시 잠을 청하는데 어디서 읽은 글이 떠올랐다. 아침 일찍 일어나는 것을 못 견디는 사람이 쓴 글이었다. 세상엔 원래 아침 일찍 일어나는 사람들과 전날 밤 늦게 잠들어 늦게 일어나는 사람들이 있었다. 어느 날 아침 일찍 일어나는 사람들이 아직 자고 있는 늦게 일어나는 사람들을 죽여버리고 아침 일찍 일어나는 것을 부지런함의 상징으로 공표해버렸다. 허무맹랑한 이야기였지만 게으름뱅이처럼 누워서 그 생각을 하니 좀 웃음이 났다. 그래, 난 게으른 게 아니라 다른 방식으로 부지런하게 하루를 시작한 것일 뿐이야.

아침 10시가 된 후에야 자리에서 일어나 밥을 먹었다. 출근을 하지는 않지만 해야 할 것은 많았다. 치과도 가야 하고, 부동산 계약을 마무리해야 하고, 동사무소에도 간 후 친구도 만나야 했다. 그렇지만 느릿느릿하게 밥을 먹은 후 다시 자리에 가서 누웠다. 하나쯤은 못 하면 내일 해야지.

"너는 왜 네가 좋아하는 거 하면서 힘들어하니." 작은 시민 단체에 일할 때도, 최저임금도 안 되는 돈을 받고 일할 때도 그런 말을 자주 들었다. 돈이 없다고 푸념을 하거나, 일이 너무 많아서 힘들다고 이야기하거나, 인간관계에서 어려움을 겪는다고 말을 한 직후에 들었던 말들이었다. 그 말을 듣고 화를 내기도 했지만, 집에 와서 내 방에 누운 순간 내 자신에게 물어보게 됐다. 정말 난, 내가 하는 일을 좋아하는 것일까?

"다 제 문제인 것 같아요. 그만해야 할 것 같아요." 쉬기 전날 친한 동료들에게 그 말을 꺼냈다. 아주 사소한 문제가 잘 해결되지 않은 날이었다. 그 순간 내 안에 모든 것이 폭발해버리고 말았다. 미래의 불투명함, 과로로 인한 스트레스, 은연중에 가지고 있던 두려움 등. 그러다가 어느 순간부터는 내 자신이 혼자 천덕꾸러기가 된 것 같기도 했다. 다들 잘하고 있는데 나만 힘들어하는 듯했다. 그 사실이 주변에 칼이 돼 휘둘러지고, 사람들이 모두 나를 싫어하고 있다는 생각에 빠졌다. 칸막이 너머로 사람들이 나를 노려볼 것 같았다. 사람들이 수군거리며 내 욕을 하고 있는 것처럼 느껴졌다. 무서웠다. 모두 내 문제인 것 같았다.

한 마디 한 마디를 꺼내는데 눈물이 쏟아지기 시작했다. "다들 잘 지내는데, 저만 힘든 것 같아요." 엉엉 울면서 눈물을 팔로 닦아냈다. "전 소질이 없는 것 같아요." 동료들은 안쓰럽다는 표정으로 나를 바라봤다. 그 자리에 서서 울면 울수록 천덕꾸러기가 되는 것 같아 그 길로 짐을 싸고 집으로 갔다. 집으로 가는데도 눈물이 멈추지 않았다.

가족과 함께 사는 집은 슬퍼하기에 적절치 못한 공간이었다. 문을 잠그고 울고 있는 나를 부르기 위해 부모님이 문을 두드렸다. '똑똑똑' 소리가 박자를 맞춰 마음을 부수고 있었다. 모든 것이 지옥 같았다. 평생 죄를 짓고 살지는 않았던 것 같은데, 다시 생각하면 너무 많은 죄를 지은 것 같기도 했다. 계속 울다가 많이 지쳤을 때쯤, 병원에 전화를 걸어 예약을 잡았다. 불행히도 추석 전, 모든 예약이 끝나 있었기 때문에 정신과에 가기 위해서는 일주일 넘게 기다려야 한다는 사실도 알게 됐다.

마침내 견딜 수 없어, 친구의 집으로 갔다. 그의 얼굴을 보고 많은 것을 쏟아내며 펑펑 울었다. 그는 내가 우는 것을 바라보다가 안아줬다. "난 힘들어하는 너를 보면 속상하고 화가 나. 왜 이렇게 됐을까." 그는 심각한 표정으로 내 하소연을 들어줬다. 웃긴 일은 그렇게 한참 울고 나니 배가 고파졌다는 것이다. 우스운 일이었다. 친구는 슬퍼하는 나를 위해 일어나서 콘치즈를 만들었다.

퉁퉁 부은 눈을 하고 콘치즈를 먹는데 친구가 말했다. "갈 곳 없으면 말해. 나랑 같이 일하자. 내가 활동하는 단체에서 일해. 재밌을 거야." 그는 한없이 진지한 표정으로 그렇게 말했다. 그럴 수 없다는 것을 잘 알지만, 우리는 그 말이 그의 모든 진심을 담아 한 말이라는 것을 알아서 웃을 수 있었다. 우리는 그 이후 한참이나 좋아하는 유튜브 동영상을 같이 봤고, 그가 인터넷으로 시킨 이상한 맛이 나는 젤리를 먹으면서 낄낄거리며 웃었다. 헤어질 때쯤 나는 비로소 다친 마음을 회복하기 위해 연차를 써야겠다고 생각했다.

하루를 온전히 쉬고, 주말에도 꼼짝하지 않았다. 계획했던 일 중 대부분은 귀찮아서 하지 않았다. 그 이후에는 하고 싶은 일들만 했다. 하루 종일 유튜브를 보다가 친구를 만나 떠들고, 다시 실컷 잠을 잤다. 정말 오래간만에 쉬는 것 같았다. 일요일 저녁쯤 됐을 때는 문득 사무실에 가야 한다는 생각이 들어 공포감에 체할 것 같은 기분이 됐다. 그렇지만 눈물은 더 나오지 않았다. 대체로 열심히 살지만 몇 번 정도는 "나 하나쯤이야" 마음으로 살아도 될 것 같았다. 자기 전에는 난데없이 사무실에 앉아 있을 동료들이 보고 싶다는 생각도 했다. "제가 민폐만 끼치는 것 같아요"라고 말하면 "전혀 그렇지 않아"라는 뻔한 말을 조금은 듣고 싶기도 했다. 나에게는 어쩌면 "내가 너를 돌봐줄게"라는 말이 필요했을지도 모르겠다.

집단 발병하고 있는 것이 코로나19뿐 아니라 코로나 블루라는 우울증이기도 한 것처럼, 많은 사람이 외로움과 고통을 호소하고 있었다. 20대 여성 자살률 증가가 사회의 화두가 되는 시기, 나도 그 속에 한 명이 된 것

같다는 생각이 들었다. 서로의 손을 잡지 못한다는 것
이 도움의 손길이 사라지는 것으로 이어졌다. 그 후 우
리는 우리 시대가 만든 특이한 비극 하나를 목격했다.
코로나19보다도 오래된 비극, '회복할 시간을 가질 수
없다는 것'이 그것이었다. 코로나19는 그것의 촉매 정
도일 뿐이었다. 서로의 마음에 손을 내밀 수 있는 힘을
잃은 사람들은 타인을 돌보는 일을 포기했고, 자신과
타인에게 어떠한 도움 없이 빠르게 고난과 질병을 이겨
낼 것을 요구했다.

　질병을 빨리 극복해야 하는 것으로만 바라보는 세상
은 '정상적인 몸'과 '정상적인 정신'을 만들어냈다. '정
상적인 몸'과 '정상적인 정신'에 맞는 사람만을 위해 만
들어진 시스템은 많은 이를 탈락시켰다. 우울한 사람도
일할 수 있는 환경을 만드는 것보다 우울한 사람이 퇴
출되는 것이 더 효율적이었으니까.

　동시에 그 사람들이 왜 아프게 됐는지에 관한 사회적
책임은 어느 순간인가 사라졌다. 충분히 먹을 수 있었
다면, 충분히 쉴 수 있었다면, 도움의 손길이 충분했다
면 누군가는 아프지 않았거나 덜 아팠을 것이다. 충분
히 회복할 시간을 주는 게 아니라 아픈 사람에게 빨리
회복해서 일상으로 돌아와야 한다는 말만 있었기 때문

에 재발률도 높았다. 그건 아픈 사람에게도 아프지 않은 사람에게도 가혹한 일이었다.

효율을 중시하는 사회는 늘 경제적인 원칙에 따라 사람들을 재배열했다. 우리 사회는 아프지 않을 것, 그리고 아프더라도 빨리 나을 것을 강제하지만 가장 빨리 아프게 되는 사람들은 사회의 관심 바깥에 있는 사람들이었다. '정상'이 아닌 삶은 그런 것들을 의미했다. 경사로 없이 당연하게 계단만 있는 건물 입구에서 멈추는 삶, 우울감에 잠을 못 이룬 후 회사에 지각해서 죄책감을 느껴야 하는 삶, 장애와 질병을 이유로 쉽게 해고되는 삶.

나는 그 세상에 지긋지긋해져서 언제부터인가 사회의 소프트웨어와 하드웨어를 모두 유니버셜 디자인 universal design*으로 바꾸고 싶다는 생각을 했다. 사회의 소프트웨어인 법과 제도, 규칙과 문화와 하드웨어인 횡단보도, 건물의 형태, 출입구와 학교가 모두 유니버셜 디자인으로 바뀐다면, 즉 모든 사람이 자신의 특성과 관련 없이 평등을 누릴 수 있다면 누가 '정상'인지는 더

---

* 연령, 성별, 국적 및 장애 유무 등과 관계없이 모든 시민이 안전하게 이용할 수 있는 디자인을 유니버셜 디자인이라 부른다.

이상 중요하지 않을 것이다.

　이런 유니버셜 디자인을 만들기 위해 꼭 필요한 것들 중 하나가 기본소득이다. 기본소득이 어떤 조건도 요구하지 않기 때문이다. 기본소득은 장애나 질병, 나이와 개인의 특성을 심사하고 까다로운 조건을 통과했을 때만 지급되는 현재의 복지 체계의 패러다임 자체를 바꿀 수 있는 힘이 있다. 기본소득은 '누군가'를 상정하지 않고 언제나 '모두'를 부르기 때문이다.

　그렇다고 기본소득이 모든 소수자를 위한 복지를 없애자고 주장하는 것은 아니다. 특성과 관련 없이 모두가 최소한의 것을 보장받고, 선별 대신 필요에 따라 도움을 요청하는 사회가 더 바람직하다고, 기본소득론자들은 긴 시간 주장해왔다. 의사 앞에서 장애를 증명해 보인 후 등급을 부여받아 복지 혜택을 받는 것이 아니라, 부양할 가족이 있다고 수급자에서 탈락하는 것이 아니라, 각자의 필요에 따라 복지를 받을 수 있는 것이 모두의 권리가 돼야 한다.

　출근을 하지 못한 날 이후, 나는 우울증 치료를 위해 일주일에 한 번씩 병원에 들락날락하는 신세가 됐다. 그 이후에도 몇 번 우울감으로 사무실에 나가지 못했다. 처음에는 초조하고 뒤처진 것 같았지만 이왕 이렇게 된 김에 덜 일하고 회복하는 시간을 보내기로 했다. 동료들에게 내 상황을 설명하기까지 그 이후로 몇 개월이 흐른 뒤에야 가능했다. 뻔한 말이지만 다들 힘내라는 위로를 전했다. 너무도 뻔한 반응이라는 생각이 들었지만, 또 그 뻔한 말들을 전하는 얼굴들이 좋았다. 내 회복도, 당신의 회복도 죄의식으로 남지 않기를 바란다.

'기회 재장전'은 가능하다. 이 사회가 각자에게 몇 번이든 기회를 재장전해주도록, 사회 구성원인 우리가 그렇게 만들면 된다. 기회가 흔할수록 사람들은 현실 안주보다 혁신을, 익숙함보다 모험을, 유행보다는 창조를, 이기심보다 협력을 즐기지 않을까. 그런 세상의 모습은 지금과는 완전히 다를 것이다!

– 오준호, 《기본소득이 세상을 바꾼다》

4부

이상하고 아름다운 미래로

베이스캠프

다혜는 좀 이상한 애였다. 좋게 생각하면 쿨했고, 다르게 생각하면 덜 꼼꼼했다. 그와 나는 스무 살 때 처음 만나 수년 동안 데면데면한 관계를 유지하다가 어느 순간부터 특별한 계기 없이 친해졌다. 지금 생각해보면 나도 덜 꼼꼼했고, 다혜도 덜 꼼꼼했으니 서로의 그 덜 꼼꼼한 모습을 보며 놀리다가 친해진 것 같기도 하다.

다혜는 꽤 오랜 시간 동안 발달 장애인들과 함께하는 자원 활동 프로그램의 선생님으로 지냈다. 그와 나는 새 학기가 시작되는 3월마다 서울에 있는 대학교에서 홍보 포스터를 붙였다. 그는 주로 발달 장애인들과 함께하는 자원 활동 포스터를 붙였고, 나는 대학생들과 함께하는 서포터즈 프로그램의 포스터를 붙였다. 그런 데 다혜가 포스터를 하도 대충 붙이는 바람에 옆자리로 이동할 때마다 후두둑하고 포스터가 떨어졌다. 다혜는 그때마다 다시 포스터를 붙이면서도 "괜찮아. 붙여야 할 포스터는 아직 많이 남아 있어"라고 대답했다. 다혜 는 역시 쿨했다.

가족 문제, 불화, 말할 수 없는 사정. 그것들 중에 무 엇으로 설명해야 할지 모르겠지만 다혜는 어느 날인가 전 재산 20만 원을 들고 집을 나왔다. 집에 도저히 있 을 수 없던 다혜는 옷가지도 잘 챙기지 못한 채 동생과 맨몸으로 갑자기 거리 한복판으로 내몰렸다. 당연히 갈 곳 따위는 없었다. 다혜의 떠돌이 생활은 그때부터 시 작됐다. 가장 먼저 그는 동생과 지인의 집에 얹혀살았 다. 그 다음에는 어떻게 보증금을 마련했는지 잘 모르 겠지만 집을 구해 살았다. 하필 집주인이 사기를 쳐서 집이 경매로 넘어가는 바람에 보증금을 모조리 날릴 뻔 한 적도 있고, 겨우겨우 새 집으로 이사를 가기도 했다. 그가 완전히 자리를 잡는 데는 꽤 오랜 시간이 걸렸다.

그런데 정신차려보니 다혜가 거친 집보다 다혜의 집 을 거친 사람들이 더 많아졌다. 어느 날인가 다혜와 함 께 술자리에 가면 낯선 사람이 다혜의 룸메이트라며 인사를 하는 날도 있었다. 그는 자신을 M이라 소개했다.
"M은 내 중학교 때 친구야." 다혜가 M을 나와 친구들
에게 소개하며 말했다. 그는 샛노란 옷을 입고 커다랗
게 웃고 있었다. 우리는 초면인데도 불구하고 마치 오
래전부터 알던 친구처럼 낄낄거리며 술을 마셨다. 샛노
란 색, 큰 웃음소리, 낯가릴 줄 모르는 성격으로 M은 내
기억 속에 남았다.

　나중에 들었지만 M의 사정도 다혜와 별반 다르지 않
았다. M은 매우 권위적인 아버지 아래에서 자랐다고 했
다. 아버지는 늘 M의 행동 하나하나 감시했고, M이 말
없이 외출이라도 하는 날에는 불같이 화를 냈다. 이미
다 자라버린 M이 아버지 몰래 외출하는 빈도가 높아지
자 M의 아버지는 M의 방문에 보안장치를 걸었다. M이
마지막으로 아버지 몰래 외출을 한 것은 그때였다. M은
새장 같던 그 집을 탈출했다.

　딱히 아는 사람도, 연락할 만한 지인도 없던 M은 아
주 오래전 친구였던 다혜에게 연락했다. 며칠만 재워달
라는 부탁 정도를 할 요령이었겠지만 쿨하고 덜 꼼꼼한
다혜는 "그래? 그럼 같이 살자. 월세 걱정은 안 해도 돼.
내 방에서 지내면 되니까"라고 바로 M에게 같이 살자
고 말해버렸다. 친언니와도 방을 같이 공유하는 게 몹

시 불편했던 나는 선뜻 다혜의 행동이 이해되지 않았다. 다혜는 재벌도 아니었고, 돈을 많이 버는 직장에 다니고 있는 것도 아니었다. 다혜는 이미 동생과 함께 살고 있기도 했다. 왜 그랬냐는 내 질문에 다혜는 "글쎄. 나도 얹혀살 때가 있었으니까"라고 답했다. 역시 다혜는, 정말 쿨했다.

M은 살아가는 데 필요한 것들을 갖추고, 직업 훈련 학원을 다니며 취업을 할 때까지 그 방에서 살았다. M과 함께 살며 다혜는 봄과 여름을 보냈다. 그런데 다혜는 M이 자신의 집을 떠나자마자 또 다른 친구를 신규 룸메이트로 받아들였다. 그도 다혜의 방에서 몇 달을 지내다가 새 집으로 이사했다.

그쯤 되니 다혜의 집이 약간 베이스캠프 같은 느낌이 들었다. 등산을 할 때 잠시 쉬어가는 공간으로 만드는 베이스캠프처럼 많은 이들이 다혜의 집에서 도움을 받고 갔다. 그 모든 시간 동안 다혜는 별 생각이 없어 보였다. 안 힘들었냐고, 불편하지 않았냐고 물어볼 때마다 다혜는 "글쎄"하다 말았다. 좋은 일 했다고 칭찬받고 싶어 하지도 않아서 누군가 자기 집에 살았다는 사실을 크게 떠벌리고 다니지도 않았다. 다혜를 보며 정말 별난 사람 같다고 다시 한 번 생각했다.

가끔 트위터에서 "도와주세요"라는 이름의 계정을 발견할 때가 있다. 그 계정은 어쩌다 한 번 생기는 계정이 아니다. 그 계정들은 늘 트위터 어디에선가 존재했다. 비슷한 사연들이 올라온다. 가정폭력, 우울증, 친족 성폭력, 폭행. 때로는 임신하여 미프진(유산유도제)을 구하는 사람들도 많다. 그 계정들 중에 남의 도움을 받을 수 있을 만큼 소식이 많이 퍼지는 계정은 손가락에 꼽힌다. 대부분은 어떻게 됐는지 알 수 없이 사라진다. 운 좋게 소식이 널리 퍼진 계정들 중에서도 거짓말을 하는 것일지도 모른다고 생각해 집요하게 증거를 요구하는 사람들 때문에 사라지는 경우도 있다.

조건 만남이나, 재워준다고 접근해 나쁜 짓을 하려는 사람들도 있다. 그렇지만 더 많은 사람들이 별 말없이 돈을 송금한다. 돈을 어떻게 사용했는지 묻지도 않는다. 자신이 돈을 보냈다는 사실을 요란스럽게 떠들지도 않는다. 애초에 그 사연이 진실인지 거짓인지 묻지도 않는다.

나는 그 계정들을 보며 늘 마음이 아프고 힘들었지만 부끄럽게도 한 번도 돈을 송금해본 적은 없다. 그래서 궁금했다. 그 계정들에 돈을 보내는 사람들은 누구일지. 다혜가 집을 갑자기 떠난 이들에게 잠자리를 마련

해주는 것을 보고 그들이 다혜처럼 쿨한 사람일지도 모르겠다는 생각을 했다. 그러나 어떤 대가 없이 누군가를 돌보거나 돕는다는 것은 어려운 일이다. 그것은 "걔는 쿨하니까"라는 말로만으로는 설명이 불가하다. 다혜를 몇 년 동안이나 바라보며, 어쩌면 그들도 언젠가는 누구에게 도움을 받아본 적 있는 사람들일지도 모른다는 생각을 했다. 쿨하다는 것보다는 그쪽이 더 신빙성이 있었다.

온전히 혼자 독립하는 사람은 없다. 우리는 독립한 후에도 누군가의 도움을 받으며 살아간다. 이 당연한 명제를 쉽게 깨우치는 사람들은 별로 없다. 아등바등해서라도 혼자 살기를 사회에서 요구하다 보니 우리는 쉽게 누군가의 도움을 잊어버리고 산다. 허나 '누군가의 도움'에는 당연히 사회의 도움이 포함돼야 한다. 다혜도 나도, 우리의 선의가 구제할 수 있는 사람에는 한계가 있기 때문이다.

우리 모두는 타인에 의존해 살아야 하지만 역설적이게도 이웃에게만 의존할 수 있는 현실은 행운이 아닌 불행이다. 우리는 이웃의 선량한 마음이 아니라 당연한 권리로서 삶을 보장받아야 한다. 때로는 아름다운 마음으로 구제받는 것보다는 어려운 상황에 놓이지 않을 수 있는 기반이 존재하는 것이, 어려운 상황에 운 나쁘게 놓이더라도 당연하게 벗어날 수 있는 사회가 좋을 수 있다.

이 이야기는 어떻게 끝이 날까. "잠시 어려운 상황에 처했던 다혜도, 다혜의 동생도, M도, 다혜의 집에 마지막에 살았던 친구도 다행히 좋은 사람들의 도움을 받아 운 좋게 잘 살았답니다. 참 아름다운 이야기죠" 따위의 말로 끝이 났다면 아마 나는 이 이야기를 글로 쓰지 않았을 것이다. 그건 사회에서 환영받은 미담에 불과하다. 도움받지 못한 운 나쁜 사람들은 조용히 잊히는 반쪽짜리 미담에 불과하다.

그보다 내가 기억하고 싶은 것은 이 이야기에 나오는 모든 사람을 다시 만난 곳이 기본소득당이라는 사실이다. 몇 명은 나와 같은 사무실에서 일하고, 몇 명은 자신의 자리에서 당원으로서 최선을 다해 살아가고 있다. 다혜가 이들과 나눈 대화들 속에 사회를 바꾸는 여러 가지 방안들이 섞여 있다는 사실이 좋았다. 다혜가 쿨하게 기본소득에 대해 사람들과 대화를 나눴을 시간들을 생각하면 웃음이 난다. 이 이야기가 아름다운 이유는 우리가 영원히 운 좋게 잘 살아서가 아니고 우리 모두가 잘 살 수 있는 방안을 고민하기 시작했기 때문일

것이다. 새로운 종류의 아름다운 이야기에 많은 이가
포함됐으면 좋겠다.

그건 아마도, 전쟁 같은 사랑

〈사랑과 전쟁〉을 본 것은 유년기 가장 강력한 기억 중 하나다. 우연히 텔레비전 채널을 돌리던 나는 〈사랑과 전쟁〉이라는 프로그램을 발견했고, 그 프로그램에 매료됐다. 보통의 부모들과 마찬가지로 엄마, 아빠는 내가 〈사랑과 전쟁〉을 보는 것을 싫어했다. 그러나 커다랗게 뜨는 '19금' 마크, 손에 땀을 쥐게 하는 흥미진진한 전개 방식, 반전과 반전을 거듭하는 내용, 실화 기반이라는 모든 구성은 어린 나에게 너무 재밌는 소재였다. 좀 커서는 〈사랑과 전쟁〉의 캡처 장면을 찾아서 보기도 했다. "저런 집은 이혼해야 해! 이혼!" 친구들과 볼 때는 너나 할 것 없이 큰 소리로 그렇게 외쳤다.

〈사랑과 전쟁〉에는 온통 이상한 가족만 나왔다. 불륜은 기본이고, 가끔은 납치나 협박 같은 일도 있었다. 하나하나 믿기지 않는 에피소드였는데 모두 실화를 기반으로 했다는 것이 놀라웠다. "여러분의 가정은 행복하십니까?"〈사랑과 전쟁〉은 그 대사로 끝이 났다.

그 대사를 들을 때마다 나는 내 가족을 떠올렸다. 지극히 대한민국 보통 수준인 내 가족은〈사랑과 전쟁〉처럼 스펙터클하지는 않았다. 그래서 나는 그 질문에 반쯤은 동의했고 반쯤은 동의하지 않았다.〈사랑과 전쟁〉에서 독립할 때쯤, 교과서에 그려진 화목한 가족을 보아도 별 감흥이 없는 사람이 됐다.

"기본소득 받으면 이혼하겠지!"〈사랑과 전쟁〉이 기억에서 까마득하게 멀어질 무렵, 그런 이야기를 들었다. 그 말을 한 사람은 큰 소리로 웃었다. "이혼하려면 돈 필요하니까." 이번엔 주변에 있는 사람들이 다 같이 웃었다. "기본소득을 받으면 뭘 할 거예요?"라는 고리타분한 질문을 던졌을 때였다. 저축, 취미 생활, 멋진 저녁 먹기, 빚 갚기 등 질문만큼 평범한 것들을 상상하고 있었는데 생뚱맞은 대답이 나와버렸다.

그때 나는 '언니들' 무리에 앉아 있었다. 결혼한 언니, 결혼은 안하고 애인과 함께 사는 언니, 결혼에서는 진작 졸업한 언니, 연애는 하고 싶지만 마땅한 사람이 없어 혼자 사는 언니 등등. 그들은 신나게 이혼과 결혼, 사랑과 동거에 대해 이야기를 시작했다. 달리 덧붙일 말은 없었지만 그들의 이야기는 늘 재밌었기에 혼자 조용히 낄낄거리며 웃었다.

"그 언니는 이혼하고 나서 이혼 파티를 했다니까. 노래방도 갔었어. 알 만한 동네 사람들은 다 그 이혼 파티에 갔을 걸?" "맞아. 이혼 생각 금방이다? 처음이야 알콩달콩하지만 조금만 지나 봐. 다 그런 생각한다." "나도 따로 살아야겠다는 생각은 하는데, 어떻게 될지 모르겠네." 이혼, 이혼 파티, 동거, 별거, 결별 등. 언니들은 모든 생소한 단어를 '쉽게' 말했다. 누구는 겨우겨우 이혼을 한 후 멋진 파티를 열었다고 했다. 누구는 막 결혼한 알콩달콩한 신혼부부에게 결혼 매운맛 버전의 부부싸움 이야기를 들려줬다고 했다.

누구는 파트너와 10년 넘게 살았지만 이제는 독립하는 것을 고민한다고 했다. 언니들은 모두 각자의 방식으로 몹시 열심히 살아가고 있는 것 같았다. 그들이 파트너와 자주 싸우지만 그럭저럭 잘 지내는 모습들도 봤고, 혼자 살 것인지 누군가와 같이 살 것인지 결정에서 늘 왔다 갔다 하는 모습들도 봤다. 그러다가 이혼하기도 했다. 그 이야기를 들을 때면 나보다 나이가 많은 여성들도 다 비슷한 것들을 고민하고 사는구나 싶어서 묘한 안도감이 들었다.

언니들과 대화를 나눌 때면 이혼도, 결혼도, 동거도 '인생의 미래를 결정하는 일' 따위가 아니라 가볍고 쉬운, 한 가지의 선택지 정도로 축소되는 것 같았다. 같이 사는 사람을 사랑할 수도 있고, 아닐 수도 있고. 그러다가 헤어질 수도 있고. 아닐 수도 있고. 이럴 수도 있고 저럴 수도 있고. 뭘 선택하든 딱히 중요한 것이 아니라는 말은 이것도 저것도 모두 선택할 수 있다는 말 같았다. 언니들 이야기 속에서는 이혼이 마음이 찢어지게 슬픈 것도 아니고, 결별이 죽을 만큼 힘든 일도 아니었다. 잘 헤어지고, 재산 분할을 잘하고, 새로운 라이프를 개척하는 것이 이별 그 자체보다 중요한 일같이 느껴졌다.

모든 인생이 〈사랑과 전쟁〉 같지는 않지만 조금은 닮아 있을지도 모른다. 어쨌든 사람들이 여러 이유로 사랑을 끝내기도 한다는 사실 정도는 말이다. 분명 사랑을 끝내는 이유엔 불륜, 납치, 협박, 시부모의 만행 등등도 있을 것이다. 그렇지만 음식물 쓰레기를 잘 치우지 않는 남편을 보았을 때, 일할 때 연락을 하지 않는 연인의 버릇을 용납할 수 없을 때, 독박 육아를 하는 자신을 마주했을 때, 서로의 설명할 수 없는 과거사와 구질구질한 옛 사랑들을 알게 됐을 때, 아니면 그냥 헤어질 때가 돼서 사람들은 사랑을 끝냈다. 누군가에게는 불륜, 납치, 협박, 시부모의 만행만큼 음식물 쓰레기를 누가 버리느냐의 문제가 중요할 것이다. 사랑이 애초에 전쟁 같은 것은 아닐지 몰라도 늘 행복한 것은 아니니까.

사랑의 시작이나 가족의 시작이 유난스럽게 축복받는 한편, 사랑의 종결이나 가족의 종결은 유난스럽게 축복받지 못했다. 혼자 산다는 결정도 그랬다. 어느 날인가, 비혼이라는 말의 유래가 궁금해서 인터넷 검색을 해본 적이 있다. 그러다가 '비혼식'이라는 것을 찾았다. 자주색 원피스를 입고, 주례 없이 진행되는 비혼식에서 하객들은 "혼자서도 잘 살아라"며 축복을 해줬다. 그러고 나서 그 비혼식에 참여한 사람들은 비혼 선언문을 읽었다고 했다.

"우리는 고립된 섬을 선택하지 않았습니다. 우리는 홀로 꽃필 수 있는, 함께 꽃필 수도 있는 자유롭고 완전한 존재입니다. 우리는 새로운 공동체를 꿈꿉니다. 다양한 사람이 다양한 방식으로 살아가며 다름이 문제가 아닌 더 큰 힘이 되는 공동체를 만들려 합니다. 오늘 우리는 이 자리에서 자유를 열망하는 이들의 축복과 함께! 비혼으로 홀로 또 함께 잘 살겠노라고 신성하게 선언합니다." 2007년 언니네트워크에서 개최한 비혼식이었다. 나는 그 결혼식 풍경을 담은 기사 한 편을 낄낄거리며 웃으며 보다가 나중에는 직접 언니네트워크 사무실에 가서 회원 가입서를 제출했다. 비혼식이라니, 정말 멋진 일이었다! 마냥 행복하지 않은 결혼과 마냥 행복하지 않은 사랑에 대해 벌써 2007년에 이야기를 시작했다는 사실이 몹시 좋았다.

　거기서 새로운 언니들을 만났다. "정상 가족 이데올로기 같은 건 없애버려야 해요." 그들은 그렇게 말했다. 우리는 기본소득에 대한 이야기를 나누고, 결혼 바깥에 놓인 삶들을 말했다. 결혼이 아예 법적 테두리에서 사라진 세상에 대해서도 떠들어봤다. 대화가 끝날 때쯤, 나는 언니들이 사랑을 버리기 위해서가 아니라 더 넓은 의미로 사랑을 재구축하기 위해 노력하고 있다는 사실을 알게 됐다. "언니네트워크는 남녀의 결혼뿐만 아니라 여러 사람이 자신의 의지대로 가족을 구성할 수 있는 사회를 바라왔어요. 결혼이 허용되지 않는 동성 커플도 거기에 속하겠죠."

　그들과 헤어져서 어둑어둑한 밤길을 걸어 집으로 돌아오면서, 이별을 선택하는 것도, 새로운 만남을 시작하는 것도 지금보다는 덜 무서웠으면 좋겠다는 생각을 했다. "이혼하려면 돈 필요하니까!" 사랑의 범위를 넓히는 것에도 마찬가지로 돈이 필요했다. 원치 않은 가족 밖으로 나와 내가 원하는 사람과 살 수 있기 위해서는 돈이 필요하니까. 가족이 아니라 개인별로 지급되는 기본소득은 가족이 아닌 개인을 발견한다는 측면에서도 의미가 있다. 개인별로 이뤄진 복지, 개인에 대한 연구, 통계, 그리고 고민들이 이어질 때 우리는 개인이 꿈꾸는 관계가 얼마나 다양한지 알 수 있기 때문이다. 누군가는 동성 파트너와 살고 싶을 수도, 누군가는 혼자 살고 싶을 수도, 누군가는 동물과 함께 살고 싶을 수도 있다. 그 모든 희망이 끝내 사회에서 긍정되기를 바란다. 전쟁 같은 사랑 대신 평범한 사랑을 할 수 있는 사회가 되길.

재난지원금무새

"무너져가는 민생의 이야기를 듣고 있으십니까? 코로나19로 일할 수조차 없는 기초생활수급자 싱글 맘, 버티고 버티고 또 버티다 8월 15일 폐업해 재도전 장려금을 받지 못하게 된 자영업자, 올해 초 두 달 일했다는 이유로 긴급 고용 안정 지원금에서 제외된 라이더. 이번 코로나 대책에서 배제된 국민들의 이야기를 아무리 말씀드려도 국회에선 이번 코로나 대책에 대한 공론의 장 한 번 열리지 않았습니다."

2015년 9월 22일. 국회의원 용혜인은 국회 본회의장 중앙 발언대 앞에 서 있었다. 카랑카랑한 혜인 언니 목소리가 국회 전체를 휩쓸었다. 나와 내 동료들 모두 초조한 마음으로 혜인 언니의 발언 이후 일어날 일들을 기다리고 있었다. 민트색 옷 위에 검은 자켓을 걸친 혜인 언니는 약간 긴장한 듯 천천히 말을 이어나갔다. 그 표정이 조금은 슬퍼 보이기도 했다. 혜인 언니는 잠시 말을 멈추었다가 다시 말을 이어나갔다.

"4차 추경안, 이렇게 통과돼선 안 됩니다. 낡아버린 기득권 동맹이, 70년대, 80년대의 정치 문법이, 전대미문의 2020년의 위기를 해결할 수는 없지 않겠습니까. 마지막으로 선배, 동료 의원 여러분께 호소 드립니다. 이렇게 압도적인 여야 합의로 '선별'이라는 이데올로기만 남아버린 추경안, 선별을 위한 선별, 선별을 위한 7조 8000억의 추경안, 재난 지원금 없는 2차 재난 지원금 추경안. 오늘 이 자리에서 통과시키겠습니까. 지난 4월, 여러분이 선거운동을 하며 전국 곳곳에서 약속했던 그 국민들에게 내가 찬성했다고 다시 눈을 맞추고 이야기하실 수 있겠습니까." 이미 여당과 야당이 2차 재난 지원금을 선별적으로 지급하자는 합의를 내렸던 그 시기의 일이었다.

혜인 언니도, 혜인 언니를 지켜보는 우리도, 그 자리에 앉아 있던 모든 국회의원도 4차 추가경정예산이 2차 재난 지원금 선별 지급으로 이어질 것이란 사실을 알고 있었다. 그렇지만 혜인 언니는 국회 발언대 앞에 서기로 결정한 참이었다. 바위에 계란을 던지던 그때가 생각이 났다. 혜인 언니는 마지막 말을 뱉기 위해 천천히 입을 뗐다.

"저와 함께 반대 의견에 서주십시오. 국민의 대표자로서, 단 한 사람의 국민도 뒤에 남겨두지 않겠다는 결정을 해주십시오. 우리의 소수의견이 다수보다 큰 의미였다고 후일 기록될 것입니다." 곧이어 전광판에 각 의원이 4차 추가경정예산 통과 안건에 찬성표를 던졌는지, 반대표를 던졌는지 표시됐다. 300명의 의원 이름이 쓰인 전광판에 일제히 찬성표를 의미하는 초록불이 들어오기 시작했다.

그 순간, 반대를 의미하는 빨간불이 한 의원의 이름 옆에 켜졌다. 기본소득당의 유일한 의원인 용혜인의 이름 옆이었다. 299 대 1. 그날 재난 지원금 선별 지급을 비판하며 4차 추가경정예산안에 반대한 의원은 그가 유일했다. 빨간불이 반짝이며 빛나고 있었다. 그 불빛을 보고 알았다. 우리는 패배했지만, 그 어느 때보다 용감한 소수의견으로 남았다. 그건 패배가 아니라 새로운 싸움을 예고하는 불빛이기도 했다.

1차 재난 지원금이 전 국민에게 지급됐다. 개인 단위

가 아니라 가구 단위로 지급됐다는 점, 홈리스나 이주민, 난민 등 예외 대상이 있었다는 점, 일회성으로 끝이 났다는 점이 한계이긴 했지만 분명 1차 재난 지원금은 많은 이에게 단비가 됐다. 사람들은 재난 지원금으로 안경을 바꾸고, 맛있는 밥 한 끼를 먹었다. 마트에서 만난 한 노부부는 "지원금도 받았는데 비싼 것 한번 먹어보자"라며 카트에 조금 비싼 반찬거리를 넣었다. 2020년 5월, 1차 재난 지원금 지급 이후 소매업 판매는 전월에 비해 5.3퍼센트 증가했다. 끊임없이 경제 지표가 악화되던 중에 처음으로 반등한 성적표였다.*

첫 번째 재난 지원금이 통과될 때 수많은 정치인이 말했다. 야당의 김종인 비상대책위원장은 재난 지원금에 대해 "100퍼센트 지급을 하면 하는 거지, 전제를 달 필요가 없다"라고 말했고, 당시 원내대표였던 야당의 이해찬 전 의원도 "소득 관계없이 전 국민에게 지급해야 한다"라고 주장했다. 김경수 경남도지사는 "정부가 빚지지 않으면 국민이 빚을 지게 된다"라고 말했다. 국무총리도 다르지 않았다. 정세균 국무총리는 "행정 편의

———

* 통계청, 〈2020년 5월 산업 활동 동향〉.

와 신속성을 고려하면 국민 모두에게 지급하는 게 더 쉽다"라고 말했다.

비록 가족과 함께 살고 있어서 나는 재난 지원금의 수혜를 받지는 못했지만 대한민국에서도 재난 지원금과, 모두에게 지급되는 기본소득에 대한 논의가 활발해졌다는 생각에 몹시 기뻤다. 한 번 재난 지원금을 보편적으로 지급했기 때문에 두 번 지급하는 것도, 그것이 기본소득으로 정착되는 것도 물 흐르듯 이뤄질 것 같았다. 무엇보다 생활에 어려움을 겪고 있는 사람들이 재난 지원금으로 소소한 행복을 얻었다는 후기를 볼 때마다 아직 세상이 살 만한 공간인 것처럼 느껴져서 좋았다. 수백 명대로 반짝 치솟았던 확진자 수가 재난 지원금이 지급된 이후 수십 명 수준으로 낮아진 덕도 있었다. 우리는 분명 조금씩 나아지고 있었다.

그러나 곧 8월을 경유하며 코로나19 확진자 수가 급증하기 시작했다. 큰 집회가 열렸고, 서울을 중심으로 빠르게 확진자 수가 늘어나기 시작했다. 노래방도, PC방도, 헬스장도, 사우나도 다시 문을 닫았다. 거리에는 파리만 날리기 시작했다. 헬스장이 문을 닫은 후 헬스장 사장이 거리에서 군고구마를 팔고 있다는 소문이 돌았다. 코로나19 확진자 급증과 더불어 경제가 급격히 얼어붙자 재난 지원금에 대한 논의가 스멀스멀 다시 시작됐다.

그런데 이번엔 달랐다. 1차 재난 지원금 때 신속성과 재난의 보편성을 주장하기 시작하던 사람들이 정반대의 이야기를 꺼내기 시작했기 때문이다. 1차 재난 지원금 보편 도입을 찬성했던 정세균 총리는 혜인 언니와 대정부 질의를 하는 시간에 완전히 입장을 바꾼 채 서 있었다. 혜인 언니는 연단에 서서 2020년 8월 한 달 14조의 빚을 진 국민에 대한 이야기와 OECD 평균의 3분의 1 수준밖에 되지 않는 국가 부채를 거론했다. "파산 직전의 국민들과 아직 넉넉한 정부 중 누가 빚을 져야겠습니까?" 혜인 언니가 물었다. 그러자 정세균 총리는 "빚을 져야 한다면 가계와 국가가 같이 져야겠지요. 고통을 분담해야지 국가에만 고통을 전담시키고 그러면 나중에 국가가 어떻게 되겠습니까?"라고 대답했다. 정치인들이 정말 이 모든 '고통'을 참을 수 있는 것 정도로 생각하는지 의심스러웠다. 폭증하는 자살률, 망해가는 사업장, 실업자 증가, 발달 장애인 자녀와 목숨을 끊는 엄마들. 모두 지금 진행되고 있는 이야기였다.

나와 내 동료들은 최선을 다했다. 수차례의 기자회견, 온라인 캠페인, 보도 자료 발송, 기고까지. 혜인 언니는 의원으로서 그 어느 때보다도 많이 기자회견장에 섰다. "어떤 농부도 가뭄에 가장 마른 땅만 골라서 물을 주지 않습니다." 누군가 가장 피해를 입은 사람들만 골라서 지원금을 줘야 한다는 말에 우리는 그렇게 응수했다. 재난 지원금이 필요한 사람들의 사연이 온라인에 넘쳐 났다. "코로나 1차 확산 때 잃었던 직장을 또 잃었습니 다", "햇살론 대출을 받았습니다", "살려주세요", "회사 에서 코로나로 인원 감축하려고 눈치주고 구박하고 감 시하고. 그래서 자진해서 나왔습니다", "가게에 파리만 날리고 죽겠습니다." 나는 그 사연들을 읽으며 누가 가 장 피해를 봤는지 도저히 판단할 수가 없었다.

캠페인도, 기자회견도, 보도 자료 발송도 별 효과가 없자 우리는 전국에 재난 지원금 보편적 도입을 요구하 는 플래카드를 걸었다. 당 대표인 지혜 언니가 당 대표 명의로 국민 청원을 올렸다. 당 대표가 국민 청원을 올 리는 것이 이상해 보일 수도 있지만 우리는 그때 그만 큼 필사적이었다.

결과적으로 4차 추경에서 재난 지원금은 선별하여 지 급됐다. '가장 고통스러운 사람들'을 선별해서 충분히 구 제해야 한다는 말과 다르게 재난 지원금으로 사용된 재 원 규모는 줄어만 갔다. 1차 재난 지원금 예산은 14조

3000억 원이었지만, 2차 재난 지원금은 7조 8000억 원으로 반토막 났다. 99퍼센트가 받았던 1차 재난 지원금과 다르게 2차 때는 재난 지원금 지급 이후 몇 개월이 지난 2020년 12월에도 지급율 80퍼센트에 미치지 못했다.

코로나19라는 이름의 재난은 그 이후로도 계속됐다. 사람들은 일터에서 잘리고, 가게는 문을 닫았다. 그 사이 2021년 예산안을 심의해야 하는 시기가 도래했다. 우리는 이번에도 그 예산안에 개별적이고 보편적으로 지급되는 재난 지원금을 요구하며 여러 활동을 했다. 기자회견도 열고, 캠페인도 하고, 영상도 내보냈다. 오들오들 떨며, 마스크를 낀 채 지나가는 사람들에게 유인물을 나눠줬다. 그러나 이번에도 재난 지원금은 선별 지급으로 결정된 채 2021년 예산안이 통과됐다. 2차 재난 지원금의 반도 안 되는 3조가 국회 논의의 결과였다.

일련의 일들을 겪고 기운이 빠졌다. 1차 재난 지원금이 지급될 때만큼 확진자 수가 폭증하고 있었다. 하루에 1000명이 넘는 사람들이 확진됐고, 12월 25일이 다가오고 있었지만 누구도 크리스마스 이야기를 쉽게 말하지 못했다. 수도권 중심 5인 이상 모임 금지가 선포됐다. 그런데 아무도 전 국민 재난 지원금 이야기를 꺼내지 않았다. 1차 재난 지원금이 지급됐을 때보다 상황은

훨씬 안 좋아졌는데 그때는 되고 지금은 안 된다는 것이 이해되지 않았다.

우리는 '재난지원금무새'*처럼 또다시 재난 지원금을 요구하며 거리에 섰다. 가망 없어 보일지라도 누군가는 말해야 했다. 우리는 단지 돈 몇 푼이 아니라 재난 시에 모두가 살아남아야 한다고 말하고 있었기 때문이다. 정부가 나눠주지 않는다면 지방자치단체에서 나눠주면 되니까 가망이 아예 없는 것은 아니었다.

나라살림연구소에서 발행한 보고서를 보고 서울시의 한 해 예산안에서 쓰지 못하고 남은 돈이 매년 3조 원에 이른다는 이야기를 알게 된 우리는 기자회견을 진행했다. 3조면 모든 서울 시민에게 30만 원씩 지급할 수 있는 금액이었다. 서울시에서 연말을 맞이해 청사의 운동기구를 바꾸는 데 돈을 쓰고 있다는 기사가 올라오던 시기였다.** 1년 내내 열리지도 않은 청사 운동기구를 바꾸고, 미집행 예산을 소모하기 위한 행정 조치들

---

* '재난 지원금'과 '앵무새'를 합친 신조어로 재난 지원금을 계속해서 주장한다는 뜻.

** 〈[단독] '청사 헬스장' 닫았는데…러닝머신 사는 서울시〉,《한국경제》, 2020.12.01.

이 이어질 것이다. 엉뚱한 곳에 돈을 낭비하는 것보다는 어차피 안 쓸 돈, 코로나 때 모두 나눠주는 게 낫다는 생각이 들었다.

추운 겨울, 서울 시청 앞에서 오들오들 떨며 기자회견을 열었다. "위기의 시대에 '선별'하는 것을 모든 복지의 기본으로 삼았던 선례를 과감히 바꿔야 합니다." 마이크를 잡은 지혜 언니가 말했다. 누군가 이 광경을 쭉 보고 있다면 우리를 참 지독한 인간들이라고 생각할 것 같았다. 뭐 어쩌겠나. 우리는 '기본소득무새'이자 '재난지원금무새'인걸. '가장 고통 받는 사람'만의 구원이 아니라 '모두'를 말할 때만이 전체에게 더 많은 것이 갈 수 있다는 사실이 코로나 시대에 증명되고 있었다. 그러니까 이제 이 모든 것이 마냥 꿈같은 이야기는 아닌 것이다. 그렇다면 어쩌겠나. 우리는 아마 이 지루한 싸움을 더 오래 지독하게 해봐야 할 것이다.

엄마의 몫을 엄마에게

"지금부터 이명아 선생님을 모시겠습니다!" 사무실에
앉아 있던 대여섯 명 정도의 사람이 일제히 박수를 쳤
다. 명아가 그 모습을 보고 크게 웃었다. 화상회의 시스
템으로 현장을 보고 있던 사람들도 웃으며 박수를 쳤
다. 기본소득당에서 일했던 명아는 다큐멘터리 감독이
돼 우리를 다시 찾아왔다. 〈집안일〉이라는 이름이 붙은
다큐멘터리는 명아의 졸업 작품이자 40분가량의 첫 작
품이기도 했다. 곧 화면에는 명아와 명아의 엄마 정화
씨가 등장했다.

　몇 년 전 정화 씨가 결혼에서 졸업했기 때문에 명아와
명아의 동생까지 세 여자가 한 집에 살고 있었다. 집순

이 동생과 달리 늘 학교에서 야간 작업을 하거나 친구들과 돌아다녀선지 명아에게 집은 그다지 친숙한 공간은 아닌 듯했다. 그런 명아가 다큐멘터리를 하필 자기집에 대해 찍게 됐다는 것이 신기했다. 화면에 나오는 명아와 정화 씨는 빼다 박은 것처럼 닮아 있었다.

다큐멘터리는 "집안일에 임금을 지불한다면 어떻게 될까?"라는 질문에서부터 시작됐다. 한 달이 넘는 시간 동안 명아는 동생과 자신, 엄마의 집안일 시간을 모두 빼곡하게 종이에 기록했다. 설거지 10분, 청소 30분, 요리 1시간, 방청소 10분, 장보기 30분. 아주 사소한 일까지 모두 적으려고 노력했다.

"집안일에 기여한 만큼 돈을 받는 거지." 처음 그 프로젝트를 시작했을 때 명아는 정화 씨에게 취지를 설명했다. "야, 나는 평생을 공짜로 일을 해서 너네를 키웠는데 나는 누구한테 받아?" "몰라." "여기 있는 카드로 다 신나게 시켜먹고 이제 집안일하고 돈 뜯어가냐?" 명아가 그 이야기를 듣고 큰 소리로 웃었다. "엄마! 생각을 해봐. 엄마가 평소에 일을 제일 많이 하는데 엄마가 돈을 받겠지." "누구한테 받아?" "나랑 가원이." "그럼, 너네가 한 건 내가 주는 거야, 서로 주는 거야?" "응." "되게 웃긴다, 야."

한 달이 지났을 때 명아는 집안일에 기여한 100시간 만큼의 돈 100만 원을 정화 씨에게 줬다. 명아의 엄마 정화 씨가 그 돈을 기뻐하며 받거나 평소 사용하고 싶은 곳에 썼다면 아마 다큐멘터리는 그대로 끝이 났을 것이다. 그러나 정화 씨는 크게 기뻐하는 대신 그 돈을 월세가 나가는 통장에 모두 집어넣었다. 명아가 쓴 긴 편지와 돈을 받은 정화 씨의 표정은 복잡해 보였다. "무슨 오해를 하고 있는 것 같아." 정화 씨가 한참 후에 말했다.

우리는 다큐멘터리가 끝난 뒤 명아에게 꽃다발과 케이크를 선물했다. 명아는 "다큐가 끝났으니 이제부터 집안일도, 대화도 시작"이라는 명언을 남겼다. 집안일이 가사 일을 뜻하기도 하지만, 명아의 '집안에서 일어났던 오래된 일'이라는 사실을 다큐멘터리가 끝날 때쯤에야 알았다. 나는 명아가 이렇게나 개인적인 이야기를 영상 속에 담아냈다는 것에 놀랐다. 내가 과연 명아였어도 이런 이야기로 다큐멘터리를 만들었을까 궁금했다. "집안 사람들이 다 츤데레 같아." 명아는 그 이야기를 듣고 또 한 번 크게 웃었다.

그날 저녁 다큐멘터리를 함께 본 기본소득당 당직자들과 마라샹궈와 지삼선을 먹으며 한참이나 내용에 대한 이야기를 나눴다. "맨 마지막에 눈물이 찔끔 날 뻔했어." 지수의 말에 모두가 동의했다. "명아가 다큐를 꼭 영화제에 출품했으면 좋겠네. 너무 좋은 내용이었는데." 크리스마스 연휴에 심심해하는 친구들에게도 명아의 졸업 작품을 추천했다. 그러다가 다들 자신의 '집안일'들을 꺼내놓았다. "우리 가족은 너무 나한테 관심이 많은 것 같아. 그게 힘들 때가 있어." "우리 집은 지금은 많이 줄었는데." "우리 집은 애초에 나한테 관심이 없었어. 성향 탓인가 봐. 그냥 엄마는 애들에게 관심이 있어야 한다는 강박만 있었지." 이야기를 다 들어보니 집안일들도 가족 사이에 흐르는 공기도 모두 다른가 보다 싶었다.

"한 달이 지나고 엄마한테 가사 임금을 주면 다큐가 저절로 잘 풀릴 줄 알았어. 엄마가 그 돈을 어디에 쓰는지를 보면 말이야." 다큐멘터리가 끝났을 때 명아는 그렇게 말했다. 정화 씨가 명아의 생각과는 다른 반응을 보였기 때문에 다큐멘터리는 더 많은 내용을 담게 됐다. 돈 얘기로 시작한 다큐멘터리는 명아와 정화 씨가 오랫동안 말하지 못했던 주제에 대해 이야기를 나누는 것으로 끝이 났다. 영화 소개 페이지에 쓰여 있는 것처럼 이 모든 이야기는 돈 문제이기도 했지만 아니기도 했다. 그건 시간의 문제이기도 했고, 집과 나 그리고 남을 돌보는 것에 대한 문제이기도 했다.

가사노동에 임금을 지급하자는 주장은 오래된 주장이다. 그 주장은 때로 여러 형태로 확장되기도 했다. 동네를 가꾸는 일에도, 관계를 유지하는 일에도 임금을 지급하자는 이야기를 하는 사람들은 역사적으로 꽤 많이 존재했기 때문이다. 지금의 사회는 돈이 모든 것을 대표하는 사회니까 아예 이해가 되지 않는 주장은 아니다. 그러나 정화 씨의 반응처럼 때로는 돈으로 대표되지 않는 것들이 있었다. 그는 단 한 번도 돈을 받기 위해 명아와 명아의 동생을 돌보지 않았을 테니까. 많은 것을 돈으로 인정하자는 주장은 돈으로 쉽게 환산할 수 없는 것들이 있다는 사실을 가린다. 그래서 그것은 정반대로 돈을 받지 않는 귀중한 일들의 가치를 훼손한다.

이 사실 때문에 나는 명아의 다큐멘터리가 좋았다. 돈을 받고 매우 기뻐하는 반응을 정화 씨가 보이지 않았기 때문에, 그 반응 때문에 정화 씨가 더 많은 대화를 시작했기 때문에, 그리고 결론적으로 그들이 새로운 대화 속에서 화해할 수 있었기 때문에 좋았다.

기본소득은 무엇의 대가로 주어지지 않는다. 임금노동을 하는 사람도, 안 하는 사람도, 가사노동을 하는 사람도, 안 하는 사람도 기본소득을 받을 수 있다. 그러나 역설적으로 기본소득은 지금까지 무가치한 것으로 여겨졌던 여러 가지 일들의 가치를 발견할 수 있는 계기가 된다. 임금노동 외에 돈을 받을 수 있는 창구가 생기게 된다면 돈을 받는 일만이 소중하다는 믿음을 그만큼 약화시킬 수 있기 때문이다. 더 많은 사람이 세상을 가꾸고 돌보는 일에 투자할 수 있게 될 것이다. 그래서 가사임금제와 기본소득은 비슷하면서도 아예 다른 화법으로 존재할 수밖에 없다. 기본소득은 그 자체로 집안일의 소중함을 증명하는 수단은 아니지만, 집안일의 소중함을 밝혀낼 수 있는 시작점으로 기능한다.

기본소득이 인간이 밟고 서 있는 밑바닥을 조금은 공정하게 만들 수는 있지만, 그 밑바닥을 밟고 시작하는 달리기에서 언제나 평등하게 달릴 수 있다는 것을 보장하지는 않는다. 서로를 마주볼 수 있는 용기와 계기, 그리고 여유를 조금이라도 줄 수는 있겠지만 그것만으로 모든 것이 완결될 수는 없을 것이다. 다큐멘터리가 끝나고 관객들은 자리에서 일어났지만 명아는 다시 정화 씨를 만날 것이고 다큐멘터리를 찍는 동안 나누지 못한 대화들을 나눌 것이다. 기본소득도 그렇다.

언제나 말하듯, 돈은 무언가를 시작할 수 있는 계기가

될 수 있지만 무언가를 완결시킬 수는 없다. 전대의 사람들이 원하는 사회의 모습이 있었다 해도 후대의 사람들이 그대로 따르지는 않았던 것처럼, 기본소득이 주어질 미래의 모습은 언제나 내 앞으로 올 사람들과 내 미래에 달려있을 뿐이다. 지금 우리가 해야 할 일을 미뤄두는 것이 미래를 보장해주지 않는다. 마찬가지로 지금 우리가 해야 할 일을 기본소득이 도입된 이후로 미루는 것이 더 좋은 세상을 만들 것이란 보장 또한 없다. 뻔한 말이겠지만 모든 것은 병행돼야 한다. 기본소득을 주장하는 사람 중 그 어떤 사람도 기본소득이 모든 문제의 만병통치약이라 주장하진 않는다. 그들은 그저 믿을 뿐이다. 더 많은 가능성이 더 좋은 세상을 만들 것이라고.

아름다운 사회의 모습을 정해놓고 그대로 따를 것을 강요했던 시기를 지나, 원하는 세상을 만들 수 있는 가능성만이라도 보장해놓으려는 사람들이 생겨났다. 후대의 사람들과 미래의 내 자신이 자신의 관점에서 옳은 것을 찾고, 그 세상을 만들 수 있는 기회를 주기 위해 우리는 기본소득을 주장했다. 그 결말은 아직까지 미지의 영역이다. 돈으로 시작했던 다큐멘터리가 자신의 가족에 대한 이야기로 진행된 명아의 모습처럼 흐를지도 모르겠다. 내가 생각하지 못한 결말로 흐르는 영화는 늘

나에게 즐거움을 줬다. 내가 만들 세상도 아마 그럴 것
이다. 그렇게 믿는다. 그래서 우리는 오늘도 기본소득
을 주장한다.

에필로그

누군가 세상을 떠났을 때 우리는 장례식이 아닌 강남역 앞에서 만났다. 사람들은 여러 색깔 포스트잇에 추모의 메시지를 써서 역에 붙였고, 누군가는 국화꽃을 사서 역 앞에 두고 갔다. 강남역이 포스트잇에 뒤덮일 때쯤, 여자들은 그 앞에 모여 매일매일 말들을 털어놓기 시작했다. 각자가 이 잔인한 세상 속에서 어떻게 살아가고 있는지에 대한 이야기였다. 어떤 누구에게도 고백하지 못한 이야기도 많았다.

　그러다가 어느새 우리는 비슷한 것들을 말하고 있었다. 그가 우연히 목숨을 잃은 것이 아니라 우리가 우연히 살아남았던 것이라고. 여자라는 것이 죽음의 이유가 되는 이 사회 속에서 오늘 우리는 우연히 살아남아 말하고 있다고. 더 이상 이렇게는 못 살겠다고. 그 순간 사람들이 다 같이 외쳤다. "우리는 연결될수록 강하다."

사람들의 얼굴이 빨갛게 상기돼 있었다. 사람들은 손등으로 눈물을 닦고 고래고래 소리를 질렀다. 나는 내 옆에 시서 소리를 지르고 있는 사람들의 얼굴을 기억하고 싶어 한참을 둘러봤다. 사람들은 그때의 일들을 '강남역 여성혐오 살인사건'이라고 기록했다. 그러나 강남역에 모였던 우리에게는 그것이 더 큰 의미로 남았다. 우리는 각자의 다짐을 품고 강남역을 떠나 일상으로 돌아갔다.

그러나 일상은 변한 것이 없었다. 사람들은 금방 그 강남역을 잊은 듯했다. 용기의 순간은 짧았고, 그 자리를 무력함이 채웠다. 페미니즘 공부를 하던 우리는 여전히 여러 공간에서 이단아 취급을 받았다. "우린 친구가 없는 것 같아." 페미니스트였기에 친구가 없어진 우리는 우스갯소리로 그런 말을 주고받았다. 여전히 남자는 여자를 때렸고, 나는 수요일마다 점심시간도 없이 12시간 아르바이트를 해야 했으며, 성폭력 사건이 연일 보도됐다. 강남역 앞에서 함께 외쳤던 말들이 꿈같이 느껴졌다. 강남역 앞의 말들이 바꾼 나는 존재했지만, 그 바깥의 것들은 그대로인 것처럼 느껴졌다. 이렇게 지겨운 일상을 살아가다 보면 정말, 우리는 연결될 수 있을까.

삶은 뜨거운 광장이 아니라 지겨운 일상에서 지속됐다. 그러나 그 일상은 도무지 연결될 수 없는 것처럼 보였다. 점이 되는 것을 두려워하지 않고 광장에 나온 사람들도, 일상에서 선으로 만나진 못했다. 그해 여름은 특히 나에게 잔인했다. 가족 간의 문제로 엄마와 아빠와 언니는 매일 울었고, 자살하겠다며 협박한 전 애인은 꾸준히 나에게 연락을 했으며, 유통기한 지난 음식만 제공했던 편의점 아르바이트는 미래에 대한 불안감만 키웠다. 매주 구입하던 로또는 매번 휴지 조각이 됐고, 돈이 필요해서 시도했던 비트코인은 쪽박만 찼다. 괴로운 마음에 며칠간 학교에 가지 않았다. 그때 난 대학교 4학년이었다.

아무도, 어떤 공간도, 이 사회도 내 삶을 돌봐주지 않을 것이란 사실을 마침내 깨달았을 때 배신감이 들었다. "어차피 인생은 다 혼자 사는 거야." 그 말이 세상에서 가장 싫었다. 어차피 인생이 혼자 사는 거라면 모두가 다 산 속에 들어가 자연인이 되는 게 더 행복해 보였다. 세상을 바꾸는 것보다 똑같은 일상을 포기하지 않고 살아가는 것이 더 어렵게 느껴질 때가 많았다.

　2016년 겨울, 기본소득 공부를 시작했다. 그때까지 나는 기본소득이 사람들에게 돈을 주는 것쯤으로 생각하고 있었다. 그런데 책에서는 뜬금없는 이야기가 나왔다. 우리가 매일 살아가는 자연도, 지식도, 데이터도 어떤 한 사람이 만든 것은 아니라는 말이었다. 그들은 자연도, 데이터도, 지식도, 기술도, 로봇도, 토지도 모두의 것이었기 때문에 모두에게 일정 부분을 나눠줘야 한다고 말했다. "구글 사장만 돈을 엄청 벌고 있지만, 사실 구글 사장이 돈을 벌 수 있었던 건 우리가 구글 검색창을 많이 사용했기 때문일지도 몰라." 같이 공부하던 사람은 그런 이야기를 나에게 해주기도 했다. 기본소득론자들은 누구의 것이라 말할 수 없어 모두의 것이 돼버린 것들을 '공유부公有富'라고 불렀다.

　그때쯤 기본소득이 무척이나 이상한 개념처럼 느껴졌다. 가족이 아니라 개인에게 돈을 줘야 한다며 실컷 개인을 강조했던 기본소득은 맨 마지막에 얼굴을 바꿔 공통된 것, 공유된 것, 그리고 모두의 것을 강조하고 있었다. "그래서 기본소득이 만들 수 있는 사회가 뭔데?" 알 듯 말 듯한 개념만이 이어지는 게 답답해서 같이 공부하던 친구에게 그렇게 물었다. 그는 잠시 고민하다가 말했다. "글쎄, 기본소득 주는 사회에 안 살아봐서 모르겠는데." 나는 그 싱거운 대답에 조금 실망했다.

　실망한 내 표정을 본 것인지 그는 뒷말을 덧붙였다. "그냥…나는 기본소득이 만병통치약은 아니라고 생각해. 기본소득이 도입된 다음에는 미래의 사람들에 대해 믿음을 가지고 사는 거지 뭐. 기본소득이 도입된다고 해서 남자가 여자를 그만 때리고, 갑자기 임금이 팍팍 오르고, 사람들이 다 하고 싶은 일을 하고 살 수 있을지는 아무도 몰라. 난 기본소득이 무언가를 바꿀 수 있는 시작점이 될 수 있다고는 생각하는데 완성품은 아니라고 생각해. 그래도 뭐, 국가가 돈을 나눠준다면 나는 그 돈을 받고 더 많은 것을 해볼 수 있을 것 같긴 해." 아리송한 그의 말에 고개를 끄덕거리면서도 크게 이해하지는 못했다.

　먹고사는 문제를 고민해야 할 무렵, 기본소득은 나에게 조금 다른 의미로 다가오기 시작했다. 기본소득을 받게 된다면, 해야 하는 것이 조금 더 구체적인 것들로 바뀌었기 때문이었다. 더 좋은 집을 구하고 싶고, 더 맛있는 것을 먹고 싶다는 속물적인 욕망만 있지는 않았다. 늙어서까지 이 일을 하고 싶다는 생각이 들었다. 새로운 관계를 가꿔나가고 싶기도 했다. 광장이 닫히고 다시 일상에 돌아왔을 때 나라가 나를 책임지지 않는다는 절망감을 내려놓고 싶기도 했다.

그때서야 그의 아리송한 말들이 조금은 이해가 됐다. 기본소득은 만병통치약은 아니지만, 적어도 내가 하고 싶은 일들을 할 수 있게 도와주는 역할을 할 수는 있었다. 그래서 기본소득을 받는 것만큼 개개인의 인간이 무엇을 하고 살고 싶은지 정하는 것도 중요했다. 기본소득을 받는다면 그 모호한 것들을 찾아가는 데 조금은 도움이 될 것 같기도 했다.

그래서 나는, 기본소득을 받고 내 일상에 함께 서 있는 사람들과 선으로 만나고 싶었다. 새롭게 그들과 잘 얽혀사는 방법들을 고민해보고 싶었다. 국가에게 도움받는 것이 나를 잉여 인간으로 만들지 않는 세상을 만들어보고 싶었다. 아프니까 청춘인 것이 아니라 실패해도 또 도전할 수 있는 기회를 주는 사회가 내가 사는 사회이길 바랐다. 무엇보다 점으로 태어나 선으로 사람들과 이어지고 싶었다. 잘 얽혀사는 것으로 독립할 수 있는 세상, 그런 것들을 만들어볼 수 있을 것 같았다.

우리가 일상에서 회복한다면, 우리는 더 많은 것을 바꿀 수 있을지도 모른다. 각자 다른 삶을 선택하고 다양하게 살아가고 있는 우리가 죄다 다르기에 연결될 수 있다는 사실을 아직 믿는다. 그 속에서 때론 싸우고, 때론 울고, 때론 함께 웃을 수 있는 동료가 많아지길 바란다. 돈 걱정 없이 말이다. 그렇게 된다면 연결될수록 강해지는 것이 광장이 아닌 일상에서도 적용될 수 있을지도 모른다. 모든 여자가 지치지 않기를. 그들이 광장과 일상에서 서로의 상기된 얼굴을 기억하며 삶을 이어나갈 수 있기를. 이 책을 읽은 여러분도 더 많은 것을 꿈꿨으면 좋겠다.

기본소득이 궁금한 당신에게

Q. 기본소득이 무엇인가요?

기본소득은 모두에게 조건 없이 정기적이고 개별적으로 지급되는 현금 소득입니다. 공동체 내부 모든 사람에게 지급된다는 점에서, 어떠한 조건이나 심사 없이 지급된다는 점에서 기존의 복지 제도와는 다릅니다. 예컨대 사회보험의 경우 특정한 사람이 얼마나 기여했는지에 따라 지급되는 금액이 달라집니다. 최저 생활을 보장하기 위한 공공부조는 자격 심사를 받고, 통과해야 지급받을 수 있습니다. 그러나 기본소득은 기여도와 자격 심사와 상관없이 모든 국민에게 지급됩니다.

Q. 왜 모두에게 지급돼야 하나요? 필요 없는 사람도 있지 않나요?

기본소득이라는 아이디어는 '공유부共有富' 개념에서 출발했습니다. 쉽게 말하면, 특정한 사람들만이 독점하고 있는 '모두의 것(공유부)'을 모두에게 다시 되돌려주자는 아이디어가 기본소득이라 할 수 있습니다. 예를 들어 토지를 생각해봅시다. 아주 오랜 옛날로 돌아간다면 토지는 특정한 사람의 것도, 특정한 사람의 노력에 의해 만들어진 것도 아니었습니다. 그러나 지금의 사회에서는 특정한 누군가만이 토지의 소유권을 가지고 돈을 벌고 있지요. 지식도 마찬가지입니다. 특정한 사람들의 노력을 아예 부정할 수는 없겠지만 인류 문명의 발전은 도저히 특정할 수 없는 수많은 사람이 지식 생성 과정에 참여했기에 이룬 결과였습니다. 그렇지만 특정한 사람들 외 수많은 사람은 지식 생성 과정에 대한 대가를 받기는 어렵지요. 빅 데이터도, 구글도, 네이버도 이용자들이 없었으면 아예 만들어지지 못했을 것입니다. 그러나 실제 돈을 벌고 있는 사람은 데이터를 독점하고 있는 사람들입니다.

　점점 생각을 넓혀갔을 때, 우리는 우리 모두의 것이

었던 많은 것이 소수의 사람의 것으로 취급되고 있다는 사실을 알 수 있습니다. 우리가 알게 모르게 인류 공통의 것으로 이익을 얻고 있다면, 적어도 내가 가지고 있는 것들 중 조금은 떼어내서 모두에게 돌려주는 것도 가능할 것입니다. 기본소득을 지지하는 사람들은 공유부에 세금을 부여하거나 공유부의 일정 부분을 모두의 소유로 인정하는 방식으로 재원을 마련하여 모두에게 나눠줘야 한다고 주장합니다. 그래서 기본소득은 필요에 따라 지급되는 것이 아닌 공동체 구성원, 즉 공유부의 배당을 받을 만한 자격이 있는 사람들이라면 모두가 받을 수 있는 소득이라고 할 수 있습니다.

Q. 왜 조건 없이 지급돼야 하나요? 가난한 사람에게 돈을 지급하는 것이 더 효과적인 것 아닌가요?

지금의 사회 복지 시스템은 '선별'을 기본적인 전제로 하고 있습니다. 생계 수당의 경우 개인의 소득을 심사하고, 서울시에서 진행하는 청년 수당의 경우 나이와 소득의 제한이 있으며, 장애 수당의 경우 장애의 경중을 판별하고자 노력하고 있죠. 그러나 때로는 이러한 '심사' 과정이 매우 비인간적일 때도 있습니다. 누군가

에게 나의 가난을 증명해 보이고, 장애를 증명하는 일
은 낙인과 차별을 만드는 시작이 되는 경우도 있으니까
요. 복지 수혜자가 '무임승차 하는 사람' 혹은 '불쌍한
사람'이라는 인식은 누군가에게 나의 약점을 증명해 보
여야 하는 세상이라면 계속될지도 모릅니다.

기본소득이 공유부라는 개념을 기반으로 만들어진
만큼, 당연히 국가 공동체 내부의 구성원이라면 모두
조건 없이 지급받을 수 있습니다. 하지만 기본소득이
지급된다고 모든 복지 제도가 사라져야 한다는 말은 아
닙니다. 대부분의 기본소득론자들은 모든 복지 제도가
기본소득에 대체돼야 한다고 생각하지 않습니다. 사회
적 소수자를 보호하기 위해 만들어졌던 사회적 안전망
이 기본소득이 지급된다고 없어질 수 있는 것은 아니니
까요. 한부모 가족에 대한 복지, 장애인에 대한 복지, 경
력 단절 여성과 의료 서비스와 관련된 복지가 기본소득
이 도입되었다고 모두 없어지는 것은 아닐 것입니다.

다만 기초 생계 급여, 기초 노령 연금, 아동 수당, 근
로 장려 세제와 같은 현금 급여를 기본소득으로 통합할
수 있을지에 대한 의견은 기본소득을 주장하는 사람들
속에서도 조금씩 갈립니다. 선별적인 복지가 점차 줄어
드는 세상을 기본소득론자들이 주장하기는 하지만, 최

초의 기본소득이 얼마로 책정돼야 할지에 따라 복지 제도를 기본소득으로 통합할지, 아니면 그대로 놔둘지 달라질 수밖에 없으니까요.

Q. 왜 개인별로 지급해야 하나요? 재난 지원금처럼 가족 단위로 지급하면 안 될까요?

정의로운 기본소득을 위해서는 모든 구성원이 평등하게 기본소득을 받는 것을 넘어, 자신이 받은 기본소득의 사용처를 마음대로 정할 수 있어야 합니다. 지금의 한국 사회에서 세대주로 등록돼 있는 사람들은 남성이 훨씬 많고, 그중에서도 아버지가 가장 많습니다. 기본소득이 개인이 아닌 가족에게 지급된다면, 재난 지원금이 지급되었을 때처럼 남성 가장에게 지급될 가능성이 가장 높습니다. 그렇게 된다면 가족 내부에 있는 여성, 자녀, 노인 등 상대적으로 발언권이 약한 구성원들이 기본소득의 사용처를 정하기는 어렵게 될 가능성이 있어요.

만일 기본소득이 가족이 아니라 당신에게 지급된다면 어떤 미래가 펼쳐질까요? 당신이 가족 내부에서 발언권이 적은 사람이라면 경제력을 갖게 돼 이전보다 조금 더 큰 목소리를 내게 될 수도 있습니다. 경제력은 집안 내부의 권력을 결정하는 키포인트 중 하나이니까요. 처음에는 갈등도 있겠지만 더욱 평등한 가족이 될 수 있는 가능성으로 이어질 수도 있을 것 같네요. 누군가는 가족을 위해서 돈을 쓰기보다는 자신의 미래를 위해 투자할 수도 있습니다. 학대와 폭력 속에 노출된 개인이라면 기본소득을 가지고 원가족을 떠나 새로운 삶을 꾸려나갈 수도 있지요. 혹은, 내가 원하는 종류의 관계와 가족을 만들 수 있는 실질적인 기반이 될 수도 있습니다.

Q. 한번에 큰 금액을 주는 게 낫지 않나요? 왜 정기적으로 주는 것이 중요한지 모르겠습니다.

기본소득과 비슷하게 기본자산이라는 제도도 있습니다. 프랑스의 유명 경제학자인 토마 피케티가 《자본과 이데올로기》라는 책에 25세가 되는 청년에게 성인 평균 자산의 60퍼센트(한화로 약 1억 6000만 원)를 지급하자고 주장한 적도 있고, 한국에서도 여러 번 기본자산제에 대한 아이디어가 토론됐습니다. 기본소득과 기본자산은 둘 다 모두에게 지급되며, 심사가 없으며, 개인

별로 지급된다는 측면에서 매우 유사합니다. 일각에서
는 이러한 특징이 비슷하기 때문에 청년 세대에게는 기
본자산을, 그 이후의 세대에게는 기본소득을 지급하자
는 주장을 하는 사람들도 있습니다.

두 제도는 매우 흡사해 보이지만 목적을 비교한다면
조금 차이가 있습니다. 기본자산은 자산 재분배를 목표
로 삼고 있습니다. 동일한 출발선에서 시작할 수 있어
야 평등한 기회를 보장할 수 있다는 정신, 아마 들어본
적 있으실 것 같아요. 하지만 기본자산의 맹점은 기회
의 평등이 개인의 잘못된 선택과 만났을 때 큰 불평등
으로 돌아올 수 있다는 점이에요. 자산을 많이 경영해
본 사람일수록 미래에 좋은 선택이라 불릴 수 있는 선
택지에 돈을 투자하겠지만, 가난한 사람들은 오히려 당
장의 생계를 꾸리는 것에 모든 돈을 써버릴 수도 있겠
지요.

기본소득은 실패할 권리를 보장합니다. 한 사람의 인
생을 드라마처럼 바꿀 만큼의 돈을 한 번에 지급하지는
않지만 조금씩 조금씩 삶의 안전성을 보장합니다. 어
느 날 갑자기 지급된 기본소득을 모두 잃어도, 직장에
서 갑자기 해고돼도, 모아놓은 돈이 없어도 다음 시기
에 다시 기본소득을 받을 수 있기 때문에 최소한의 삶

은 계속 유지할 수 있습니다. 즉 실패해도 다시 일어날 수 있는 힘을 주는 것이 기본소득이라 할 수 있죠.

Q. 기본소득! 이제 조금 이해가 돼요. 그렇다면 기본소득의 재원은 어떻게 마련하나요?

재원 마련에 대해서는 기본소득을 주장하는 사람들 사이에도 큰 차이가 있어요. 기본소득을 도입하는 모델로 얼마를 처음 공동체 내부의 사람들에게 나눠줄지도 의견이 분분하고요. 어떤 사람들은 30만 원, 어떠한 사람들은 40만 원, 누군가는 60만 원, 그보다 많은 액수를 제안하는 사람들도 있습니다. 액수가 많을수록 많은 재원이, 액수가 적을수록 적은 재원이 필요하겠지요.

기본소득 재원으로 언급되는 것 중에 가장 중요한 것들 몇 가지만 언급하고자 합니다. 먼저 토지에 대한 과세입니다. 대한민국은 토지에 대한 불평등이 매우 심합니다. 집을 단 한 채도 가지지 못한 사람들이 수두룩하지만, 누군가는 분명 집을 10채 이상 가지고 있으니까요. 본 글 내용에서 언급한 것처럼 집값을 결정하는 것에는 건물의 가격이 아닌 토지의 가격이 큰 역할을 합니다. 아주 허름한 집이라도 토지 가격이 비싼 곳에 있으면 비싼 법이니까요. 그런데 토지는 용도에 따라 면세 혜택이 매우 많습니다. 법인이 토지를 사면 면세가 이루어지고, 학교에서 토지를 사면 또 면세 혜택이 진행되지요. 그래서 요즘에는 1인 법인을 세워 토지를 사는 편법을 사용하는 이들도 많습니다. 토지보유세를 주장하는 이들은 토지에 대한 이러한 면세를 줄이고, 용도와 상관없이 토지에 일률 과세를 적용하여 기본소득으로 나눠주자는 주장을 하기도 합니다.

기후 위기 시대인 만큼 탄소세, 혹은 생태세에 대한 논의도 활발하게 진행되고 있어요. 기후 위기를 이겨내기 위해서는 탄소 배출량을 줄이는 것이 필요합니다. 그렇다면 어떻게 해야 할까요? 탄소 배출량을 줄이기 위해 태양이나 풍력, 조력 등 대안 에너지 개발에 많은 지원을 하는 경우를 상상해봅시다. 지원 정책으로 석유보다 대안 에너지 가격이 저렴해진다고 하더라도, 석유 수요량 감소로 다시 석유의 가격이 대안 에너지 가격보다 낮아지는 경우가 생길 수 있습니다. 그러나 무턱대고 석유에 대한 가격 조정이나 세금 부과는 가난한 사람들이 오히려 타격을 받을 수 있습니다. 지금의 세상에서는 석유 에너지를 많이 사용해서 생산한 물건들이 더 저렴하기 때문입니다. 프랑스에서 시작한 노란 조끼 시위도

정부의 유류세 인상 때문에 시작된 것이었습니다.

석유를 사용한 제품과 기업에 부과하는 탄소세를 통해 마련된 재원을 기본소득으로 배분할 때만이 가난한 사람들의 윤리적인 소비를 증진할 수 있습니다. 탄소에 대한 세금을 부과하여 제재를 하면서도 가난한 사람들이 타격을 받지 않을 수 있는 방식은 모두에게 재원을 나눠주는 방식입니다. 그래서 기후 위기 시대 속 탄소세에 대한 논의도 지속되고 있습니다.

그 외에 일률 과세를 통해 재원을 마련하는 방식, 국가가 특정 기업의 주주가 돼 그 수익금을 배분하는 방식 등 다양한 아이디어가 나온 상태입니다. 누군가는 이 이야기를 듣고 난 후 세금을 더 많이 내야 할까봐 걱정하실 수도 있을 것 같습니다. 그러나 기본소득의 재원 마련을 위한 과세는 땅을 더 많이 가진 사람, 금융 자산을 더 많이 가진 사람, 돈이 많은 사람에게 더 많이 적용될 수밖에 없습니다. 대부분의 국민이 기본소득으로 지급받는 돈이 본인이 세금으로 낸 돈보다 훨씬 많은 것은 기본소득론자들의 다양한 기본소득 재정 모델에서 공통적으로 나타나는 현상입니다. 결국 부의 평등한 분배를 위해서도 기본소득 재원 마련을 위한 과세가 필요하다고 볼 수 있습니다.